D0886386

L'EXUTOIRE

Deux cent cinquante exemplaires de cet ouvrage ont été numérotés et signés par l'auteur.

DANIELLE ROULEAU

L'EXUTOIRE

ROMAN

PRISE DE PAROLE
SUDBURY
1994

Données de catalogage avant publication (Canada)
Rouleau, Danielle, 1966-
      L'Exutoire

ISBN 2-89423-037-0

I. Titre.

PS8585.085E9 1994   C843'.54   C94-930256-2
PQ3919.2.R68E9 1994

Distribution au Québec
      Diffusion Prologue
      1650, boul. Lionel-Bertrand
      Boisbriand (QC) J7H 1N7
      514-434-0306

PRISE DE PAROLE

La maison d'édition Prise de parole se veut animatrice des arts littéraires chez les francophones de l'Ontario; elle se met donc au service des créateurs et créatrices littéraires franco-ontariens.

La maison d'édition bénéficie de l'appui du Conseil des Arts de l'Ontario, du Conseil des Arts du Canada, du Secrétariat d'État et de la Ville de Sudbury.

Œuvre de la couverture: «Masque», de Louise Nolan
Photographie de l'œuvre: Dudley Witney
Conception de la couverture: Le Groupe Signature

Copyright © Ottawa, 1994
Éditions Prise de parole
C.P. 550, Succ. B, Sudbury (Ontario) P3E 4R2

ISBN 2-89423-037-0

À Chantal Rouleau, pour m'avoir sauvé la vie dans tous les sens du terme.

À Claudette Rouleau-O'Toole, pour avoir cru en moi quand plus personne n'y croyait.

J'ai vécu une vie exemplaire. Au fait, je n'ai commis qu'une erreur depuis ma naissance, et c'est par cette seule erreur que je périrai.

L'idée ne m'est même pas venue de mettre fin à mes jours, car il serait trop dommage de me taire une bonne fois pour toute et d'ainsi gaspiller les pensées qui me traversent à l'instant: C'est pas parce que quelqu'un marche sur une rampe pour fauteuil roulant qu'il va devenir handicapé... Connaître son avenir revient à renoncer à sa liberté... Si tous les jours on était condamné à mort, on apprécierait mieux la vie... Non, je ne peux arrêter maintenant, je dois affronter, c'est tout...

C'est tout comme le moment du compte à rebours pour les astronautes à bord de la navette spatiale. C'est la dernière nuit d'un condamné. Demain, dès l'aube et même avant, je ne serai plus rien. Je n'aurai plus de titre en dehors des épithètes péjoratives qu'on me crachera au visage. Je n'avais jamais compris, avant ce soir, le terme «dignité humaine», parce que jamais avant je n'avais ainsi visité les tréfonds de l'humiliation, à devoir même me nourrir du lichen au fond du baril à force de désespoir.

Si seulement je pouvais retourner en arrière... Non! Je ne veux pas avoir cette pensée. Ce qui est fait ne peut être défait. Je n'ai plus qu'à affronter maintenant. Il n'y a eu que cette petite erreur... Mais j'avancerai vers l'aube, courageusement... Seule, comme je mérite de l'être ce soir...

Je savais bien qu'il y avait une raison pour laquelle je détestais tant les dimanches soirs. Car tout a commencé un dimanche soir. J'étais chez moi, bien tranquille. J'avais la fameuse déprime du septième jour. Vous savez, ce sentiment d'écœurement total éprouvé les veilles de lundi parce qu'on n'a pas le goût de retourner bosser avec des gens qui vous emmerdent autant que vous les emmerdez. Pour échapper à mon cafard, comme exutoire, je regardais un film d'horreur à la télé. Je ne sais pas pourquoi les films d'épouvante m'ont toujours sortie de la platitude quotidienne. Une dernière chance pour moi d'être une héroïne peut-être. Petite échappatoire pour une petite vie. Fi! Ce que je donnerais, ce soir, pour retourner à ce mortel ennui. Non, c'est vrai, j'ai promis de ne pas céder aux remords.

Oui, j'étais là, dans mon salon, dans mon appartement confortable. Je ne sais plus quel ouragan tropical était venu mourir sur la ville, mais il tombait des clous sur Bury. Pendant que je sirotais une tisane au tilleul et que l'écran était giclé de sang, que j'allongeais mes jambes sur le canapé, quelque part, dans la pluie, un jeune adolescent d'à peine quinze printemps faisait éclater ma vie en morceaux. Pauvre garçon! Oui, pauvre garçon qui se faisait prendre dans le hangar de ses parents à embrasser son petit ami et qui, humilié, défonçait une vitrine de bijouterie, espérant ainsi dégotter le pognon pour s'enfuir de cette ville mesquine qu'est Bury. La pierre qu'il a lancée à travers la vitrine n'avait même pas touché le plancher que lui, il se retrouvait au poste de police. Offense juvénile... Pourquoi aujourd'hui je pense à ne pas divulguer son nom? Pas de regret... je l'ai promis.

Que faire pour occuper son temps quand il ne reste, pour ainsi dire, que douze heures à vivre?

Dans ce café où je m'arrête tous les soirs pour casser la croûte, aujourd'hui j'ai l'impression que tout le monde me dévisage. À la radio, Gold chante sa *Ville de lumière* d'une voix poignante: «Ne plus pleurer, rester là, à se demander pourquoi... Ville de lumière, j'ai besoin de toi.»

Je porte un café bouillant à mes lèvres. C'est idiot, personne ne me regarde... comment pourraient-ils savoir? Non, demain ils sauront; c'est bien assez tôt. Alors, ils pointeront cette chaise de vinyle où je laisse l'empreinte de mes fesses tous les jours et ils diront: «C'était une dégueulasse. Elle aurait dû se faire soigner, elle vivait trop dans son petit monde intérieur.» Et moi je ne serai pas là pour penser: «Y'a un mot pour ça, tas d'ignorants... Mythomane, avec un «y» et un «h».»

J'ai essayé d'être bonne! Ça ne m'a pas tellement réussi en fin de compte. Je crois bien que j'étais plutôt médiocre à ce que je faisais, mais je me croyais bonne. Finalement, en me rendant à l'évidence que je n'étais qu'une nulle, je suis devenue une pourrie. Pour la première fois depuis ma naissance, je me trouvais bonne à quelque chose. J'étais douée pour être une pourrie. Eh! Comme disait Millette: «Quand t'es laid t'as le droit de te crisser des lois, quand c'est tout ce que t'as pour qu'on te fasse du cas, te demande si ça va...»

J'avais peut-être un avenir au journal, cette crocherie d'entreprise familiale qui appartient à l'ancêtre, est dirigée par le père qui y fait boulonner (façon de parler) son fils incompétent qui passe son temps à draguer tout ce qui porte un jupon, y compris les abat-jour et les cônes de circulation routière. Petit journal pour un petit bled. J'aurais dû partir, aussi, avant de me laisser prendre dans la mélasse. Mais j'ai percé à travers le macramé familial et je me suis un peu trop incrustée dans cette facilité. Mon salaire était plutôt bon... proportionnellement s'entend... Quand vous vivez dans une ville de dix mille âmes, que votre loyer est moindre que votre poids en livres, le jeu est beau.

«T'as la fale basse à soir, fille!»

J'ai tressailli. J'étais si absorbée que j'avais réussi pour un instant à oublier où j'étais, qu'il y avait du monde autour... J'ai oublié de boire cette tasse bouillante entre mes mains... J'ai même réussi à oublier que ma vie n'a plus d'issue.

Je souris. Un sourire pâle. En fin de compte, ce sourire ne doit rien avoir de très différent de mes sourires coutumiers puisque le propriétaire du café qui m'a interpellée n'y décèle nullement mon désarroi, ce qui me fait dire qu'au fond, j'ai dû montrer mes dents toute ma vie seulement pour me vanter de leur blancheur.

«La fatigue du milieu de la semaine, je suppose!

— Le milieu de la semaine pour vous autres, les journaliers! répond le propriétaire en remplissant ma tasse. Des milieux de semaine pour les commerçants, ça existe pas... Sept jours sur sept, rien de moins... Avec une fille en médecine et un garçon en enseignement, ça prend ce que ça prend!»

Mon faciès montre l'admiration. Chaque soir la même conversation. J'en ai rien à foutre de sa progéniture, mais depuis dix ans, je fais semblant de m'y intéresser. Mon Dieu! Suis-je si hypocrite? Non. Je croyais vraiment que la petite vie de ces gens m'intéressait. Mais ce soir, franchement, je m'en fiche légèrement et un peu plus, que la fille du proprio revienne pour la fête du Travail et que son fils ait gagné le même concours littéraire que j'avais raflé il y a déjà une décennie... Hum! J'en avais peut-être un avenir, qui sait?

Le propriétaire répond à l'appel d'un client. Je jette mon regard par la fenêtre. La soirée est fraîche ce soir de septembre. Fraîche mais douce. Ça sent les feuilles sèches. Quel régal! Pourtant je n'ai pas le goût de retourner me faire rougir le bout du nez dehors. Je n'ai pas le goût de rentrer chez moi car le matin y viendra trop vite. Je vais rester au café un peu, boire une autre tasse, mettre le pied à terre pour arrêter le temps en espérant que le matin ne vienne jamais.

Il fait sombre ici, *Chez Louis*. Je m'y sens en sécurité. Mon manteau de cuir brun repose sur le banc près de moi, mon sac à main et mon foulard aussi. Derrière les treillis qui divisent les tables, j'entends mes voisines jacasser et rigoler; deux adolescentes moussantes de vie. «Regarde celui-là, il ressemble à Youppi!» «As-tu vu le pourboire qu'elle a laissé? Étends ton bras et pique-le sans en avoir l'air!»

J'ai déjà été jeune, moi aussi. Je l'avais oublié, mais ça me revient maintenant. J'avais même une amie, une grande amie que j'ai laissée quelque part sur une étagère. Une amie si lointaine que son image dans ma mémoire s'est érodée à en perdre tous ses traits.

Dehors, la rue est fleurie de néons. Il est encore assez tôt pour que les jeunes gens y rôdent en s'esclaffant. J'aime ces premières nuits de septembre où la noirceur tombe comme une couverture de satin. Cette douceur me rappelle le regard de quelqu'un que j'ai connu. C'est étrange. J'ai l'impression d'avoir connu plus de gens à l'imparfait que j'en connais au présent. En tout cas, puisque tout cela devait me tomber dessus, autant qu'il en soit ainsi en septembre, mon mois préféré.

À quoi je joue? Je ne suis heureuse de rien de tout ça. J'ai le goût de tout fracasser, de crier à tous ces gens d'aller au diable. Toutes ces choses que j'ai eu envie de dire mais que j'ai poussées sous le tapis avec le reste de la poussière. Tout ce que j'ai été trop timorée pour exprimer me brûle ce soir plus que jamais. Mais bien sûr, je me la boucle. Je ne pense même pas à pleurer, je ne sais pas comment. Si j'avais su pleurer, j'aurais peut-être su écrire. Si j'aurais... non, si j'avais su écrire, je n'aurais pas passé ma vie comme journaliste à l'*Encrier* de Bury. J'ai manqué de courage, moi qui, collégienne, rêvais des grands quotidiens des grandes villes.

À dix-neuf ans, fraîchement diplômée du cours de journalisme, professeur Bigras dont j'étais la favorite, m'a parlé d'un poste à l'*Encrier*. Je lui ai ri au nez. J'y avais un poste quasi assuré étant une fille de l'endroit. Mais j'avais d'autres ambitions, moi! Je visais grand, moi! Partir de Bury était bien vu dans ce temps-là. Quelle conne j'étais! Je croyais régler la guerre froide entre les super-puissances sans quitter mon salon et me décrocher un emploi en écrivant des lettres à l'éditeur. Aucune de ces lettres n'est jamais parue. À mes demandes d'emploi, je recevais des lettres de refus sèches. Je blâmais mes insuccès sur ma jeunesse, mon manque d'expérience, le collège minable qui m'avait formée. Jamais je n'ai pensé prendre personnellement la faute, jamais. Voyons, j'étais quelqu'un moi, j'allais être remarquée, reconnue. Je ne comprenais pas que je n'étais plus à la petite école où, pour impressionner l'enseignant, je n'avais qu'à employer un grand mot. Quelle cruche j'étais.

Humiliée, j'ai fini par postuler à l'*Encrier*. Pendant trois jours, je ne suis pas rentrée à l'appartement que je partageais avec une copine parce que je savais trop bien que j'aurais l'emploi et que je n'en voulais pas de ce job dans une feuille de chou. Évidemment, à mon retour, il y avait cette lettre recommandée qui m'attendait. J'avais le poste. Mes amis m'enviaient, eux qui vivaient l'angoisse des diplômés au chômage. Richard allait devoir retourner embaumer des macchabées avec son père. Denise enrageait d'être coincée dans le secrétariat. Moi je revenais à Bury à reculons. Quel enfer! Je n'étais qu'à un coup de fil de distance de ma mère qui ne manquait pas de me téléphoner tous les soirs. J'étais sa fierté. Pour elle, Bury était le nombril du monde et l'*Encrier* plus prestigieux que le *New York Times*.

Pendant cinq ans, de jour comme de nuit j'ai parcouru les chemins de campagne pour couvrir les disputes de clôture, photographier les incendies de ferme, mettre sur cliché les voitures dans des entrées de garage, bousillées la veille sur l'autoroute, ou dresser la liste des gagnants au bingo de la semaine.

Au bout de cinq ans, je suis entrée au bureau de Grignon (second en ligne dans la hiérarchie familiale), qui s'occupe du personnel, ce qui implique six mois à voyager de par le monde et le reste du temps à téter les gens influents de la place pour une future campagne électorale à la mairie. Typique, quoi.

J'ai joué de chance ce jour-là. Le divorce récent de Grignon père lui avait mis son fiston à dos. Pour se venger de son cher fils, j'ai connu dans les mois suivants une montée fulgurante. De journaliste à tout faire, je suis devenue éditorialiste. Les fins de semaine de congé, les mercredis de même, et une jolie augmentation de salaire. Je n'assurais plus que la couverture des sempiternelles réunions du conseil scolaire où je prenais un malin plaisir à bafouer le directeur Choquette dans mes articles, simplement pour le voir rougir de colère... C'est lui demain qui va se repayer.

Au bout de sept ans, j'étais devenue rédactrice en chef du glorieux *Encrier* de Bury. Six employés heureux de leur sort à ma gouverne. Le pouvoir... Quel outil magnifique.

Rédactrice en chef d'un hebdomadaire dans une localité de dix mille habitants. La belle vie. Le salaire gras, un éditorial sur l'état des routes ou du pont... Je n'avais qu'à relire les articles à la noix de coco de mes nègres et je me la coulais douce pour le reste de la semaine. Pas très compliqué comme boulot. Des noms... partout des noms tapissés. Des noms, des photos, un cahier complet d'annonces publicitaires et nous avions notre journal. Dans les kiosques, les gens se ruaient ensuite pour voir leur nom dans le bulletin paroissial qu'est *l'Encrier*. Madame Ruel a deux cents ans... Jean Jean gagne le concours de citrouille pour une dixième année consécutive. De temps en temps une catastrophe: une vache volée, un tournoi de balle annulé par un temps de cochon.

Je me suis souvent dit que je me sclérosais et qu'il ne fallait pas que je reste là. Je ne suis pas partie. Mon compte en banque gonflait. Mon loyer en huit ans n'avait pas augmenté d'un cent. Ma voiture était neuve. La sécurité à l'aube de la trentaine, j'y prenais goût. Neuf à cinq, quatre jours par semaine... J'étais loin de mes rêves de collégienne, mais de notre groupe d'alors, j'étais la seule qui n'avait pas dévié de sa profession. Les autres étaient tous quelque part à côté du journalisme.

«Caïd? Caïd Castilloux?»

Mon cœur fait un raté. Je suis toute crispée sous la poigne de celle qui m'a posé la main sur l'épaule après avoir crié mon nom. Eh oui, je m'appelle Caïd... Eh oui, ça ressemble à coït... puis après?

Sans demander mon avis, ma coiffeuse, Brigitte, cette grande perche qui porte la ruche d'abeille comme dans les années soixante-dix, s'installe devant moi, se fait servir un café. La voilà ma génération, celle qui a tellement regardé dormir les autres qu'elle a oublié de créer son propre visage.

«Mais qu'est-ce que tu fais? Tu m'appelles jamais. J'ai jamais de nouvelles de toi.»

Pourquoi les gens ne comprennent-ils jamais que si on ne les appelle pas, c'est qu'on n'a pas plus d'intérêt pour eux que pour le score final entre deux équipes australiennes de rugby?

«J'ai été assez prise dernièrement...»

Mon Dieu... Mais je suis fieffé tartufe. Je souris comme si c'était le plus beau jour de ma vie et comme si cette fille devant moi qui mâche comme une jument, qui a toujours mauvaise haleine, était la prunelle de mon œil. Pourtant, Brigitte est une brave fille. C'est sûrement moi qui suis devenue snob, mais cette coiffeuse qui ne sait que mono-loguer sur ses ébats sexuels et ses enfants me tombe sur les nerfs. Mais regardez-moi donc rire. Dieu que je ne me savais pas si bigote. D'où je sors comme ça?

«...et mon plus vieux qui me pique de l'argent dans mon sac à main...»

Et bla bla bla... Je n'ai rien en commun avec cette fille. Je n'ai pas d'enfant. Ça n'a jamais été dans mon plan de match. Je la laisse déblatérer.

«Y'a un client, j'te mens pas Caïd... Il vient se faire tailler les cheveux deux fois par semaine. Les filles croient que je devrais avertir la police. Qu'est-ce t'en penses? Ça commence à m'énerver. Des fois, le téléphone sonne chez moi mais quand je réponds, y'a rien. Je pense qu'il m'a suivie chez moi l'autre soir.»

Pitié! C'est ma dernière nuit, laisse-moi la paix. Je devrais peut-être lui dire à qui elle a vraiment affaire. Sûr qu'elle arrêterait son dentier pour me toiser la bouche ouverte. Me croirait-elle?

«Pierre-Marc, mon avant-dernier chum, avait un fantasme. Il aimait faire l'amour en rouge. Je m'habillais en rouge, posais des rideaux rouges, mettait une serviette rouge sur la lampe pour avoir un éclairage rouge...»

Elle a le clapet enrayé sur l'automatique cette fille! Curieusement, je repense à un bout de texte écrit par mon père dans un de ses manuscrits de fond de tiroir: «Debout avec les premières lueurs de l'aube, cerné, en lutte à des émotions dont la source est inconnue, j'entame une autre nuit à me battre pour garder un semblant de raison. C'est dur de se battre quand on ignore contre quoi on se démène, quand la fatigue n'a pas d'origine, que le vide est scellé et que la solitude est surpeuplée.»

La solitude est surpeuplée... Ce soir, je viens de comprendre que la solitude peut être surpeuplée.

«Je m'excuse de t'arrêter Brigitte, je vais te paraître mal élevée, mais j'ai quelque chose à faire.»

Je suis déjà debout à rapatrier mon sac, mon foulard et mon manteau en peau de vache. Elle a un sourire de salope.

«Han! Caïd aurait enfin un mec dans sa vie. Hou la! la! C'est pas que la petite affaire. Ça pourrait faire la première page de *l'Encrier*.»

Je ris. Regardez-moi rire. Regardez mon sourire tomber par terre avec les miettes de pain dès que j'ai tourné les talons.

À la caisse, je m'arrête pour régler l'addition. Louis est navré que je parte si tôt. Il n'a pas eu le temps de me raconter les derniers exploits de ses enfants en venant s'asseoir à ma table comme il le fait toujours. Pour un instant, j'ai une boule dans la gorge. La vie est étrange... Une pierre à travers une vitrine il y a quelques mois et voilà que dans quelques heures, ce brave type qui me traite en héroïne aura honte de m'avoir seulement frôlée. C'est con ce qu'on prend pour acquis dans ce monde. Seulement maintenant, je me rends compte qu'il n'était pas obligé, cet homme, d'être si assidûment gentil avec moi depuis dix ans. Je voudrais le serrer dans mes bras, très fort. Je l'aime à l'instant comme le père qu'il a été pour moi tout ce temps. Moi qui croyais que la gentillesse demeurait un attribut méprisable, caractéristique seulement des petites localités et de leur esprit de clocher.

Je maîtrise mal la monnaie qu'il me remet et un sou noir danse sur le comptoir.

«Elle est vivante celle-là!» s'écrie-t-il.

Louis récupère la pièce, me la remet dans la paume en la serrant entre ses mains chaleureuses. Il a fait ça cent fois avant et, dans ma tête, je le traitais de vieux dépravé pernicieux. Si je m'étais attardée une seule fois à lever les yeux vers les siens, les siens rabattus à la commissure, les siens las, essoufflés, mais fiers, j'aurais vu toute l'affection paternelle qui y brille. Mais je n'ai rien vu. J'ai la gorge en feu. Si seulement je trouvais une phrase solennelle à lancer pour que demain il comprenne que je n'ai été qu'une victime des circonstances. Si seulement je savais exprimer mes sentiments. Je voudrais au moins poser ma main sur son bras, mais je ne suis capable d'aucun geste d'affection. Je n'ai eu de toute ma vie un tel geste doux qu'une seule fois, quand j'ai un jour caressé un visage d'homme.

Rien... J'ai dit au revoir en souriant. Louis croit qu'il me reverra demain à la même table à engloutir mon éternel hamburger agrémenté d'une frite, tout ça noyé dans un pot de café. La solitude est surpeuplée... Ouais... Et la vérité est une réalité cruelle qu'on se révèle habituellement dans la froideur d'un endroit mal aéré.

Je suis déjà dans la rue. J'enfile ma peau de vache. L'air est bon... À côté du café, des gens font la queue tout autour du cinéma. Des ados qui se consolent du retour en classe y sont attroupés. Après ils viendront s'entasser *Chez Louis*. Je le sais parce que presque rien n'a changé à Bury depuis le jour où j'étais adolescente et qu'après un *Rambo* ou un *Indiana Jones*, nous aussi nous venions finir notre soirée devant un cola et une frite. Je voyais souvent Dani alors... Oh! Dani... Je crois bien que j'aurais été la femme d'un seul homme toute une vie puisque treize ans plus tard, il m'arrive encore de me languir de l'amour de mes dix-sept ans. Mon amour de l'été 1981... Elle était belle la vie dans ce temps-là. Et je crois bien qu'au fond de moi, je savais que tout n'allait devenir qu'un calvaire, alors, j'ai pris plus qu'une assiettée de ma première vie...

La *Main* de Bury! Une avenue longue comme un lacet de patin, toute lézardée, où au déluge saisonnier, on pourrait se noyer dans les dalots. Bury a du panache. C'est la seule municipalité de tout le comté qui possède un feu de circulation. Tiens, je me souviens... Étrangement, je me rappelle avoir tenu un soir le même discours teinté d'ironie. Adolescente, j'étais au volant de la Chrysler de mes parents. Mon amie, ma meilleure amie, Jani, était vautrée sur la banquette arrière à boire et à fumer du hasch. Elle se foutait de tout, elle. Elle avait ce don de se faire aimer de tout le monde. Pourtant, je demeurais sa meilleure amie. Mon seul mérite a été de naître sa voisine. Jani Delisle... forte, inconséquente... Une amie comme toutes les *twits* de mon acabit rêvent d'en avoir. Ce soir-là, nous étions à *cruiser* la rue Principale de long en large. Moi je décriais déjà Bury... «Bury-de-beurre-de-pinotte», comme on avait baptisé notre ville. Bury n'était qu'un trou de toilette, je n'allais pas y gaspiller ma vie. Les gens y étaient des morceaux de vomi qui remontent dans la gorge. Le langage local relevait de l'ignorance la plus archaïque alors qu'on entendait encore des expressions telles: «on diraissait» ou «les enfants jousent». *L'Encrier* n'était bon qu'à torcher, je le tenais de mon père qui avait connu la grande dépression. J'allais être reporter à Bagdad pour la télévision. Jani, derrière, se contentait de sourire avec indulgence. De temps en temps, quand une voiture nous longeait, elle relevait la tête et s'étendait de nouveau en annonçant qu'il n'y avait rien là-dedans pour lui faire raidir les mamelons. Moi je n'ai pas été de cet avis quand Dani a roulé près de moi, m'a souri...

Ah! Jani... tout ce que je donnerais pour que tu sois toujours ici!

La rue Principale a tout de même fière allure ce soir. Elle en aurait des romans à écrire, cette vieille avenue centenaire. Les premières virées où des adolescents ont dégueulé sur leurs souliers... Les robes de mariée que des jeunes filles naïves venaient choisir une semaine avant le bal des finissants... Les vitrines éclatées... Oui, je parie que ce dimanche-là, quand le garçon a défoncé la bijouterie, je parie que la rue était étincelante. Il pleuvait. Je suis certaine que le pavé miroitait les feux de circulation et les néons des commerces. Ça devait être de toute beauté. Les pneus devaient chuinter sur la chaussée. Une mise en contexte parfaite pour le début d'un roman policier.

Qu'est-ce que je fais maintenant? Je rentre? Non. Je n'ai pas le goût. Je pourrais aller chez quelqu'un, téléphoner à un ami... Tss... À qui je téléphonerais? Je n'ai entretenu aucune amitié depuis le collège. Les amis, c'était pour les faibles, je n'en avais pas besoin. Ça ne risquait que de ralentir ma carrière, que de me retenir, moi qui visais la grande ville.

Maman... J'ai tant ragé de tes coups de fil. Toujours importuns, toujours assommants... Je t'ai déjouée finalement en me pourvoyant d'un répondeur téléphonique. Je n'ai écouté tes messages que le jour où un policier m'a annoncé ta mort. Tu es allée rejoindre papa. J'ai pleuré ce soir-là, comme je n'avais pas pleuré depuis ce jour de mon enfance où tu m'avais empêchée de garder un oiseau tombé de son nid. Les deux fois, j'ai pleuré du pus. Les deux fois j'ai été certaine que tu ne le faisais que pour me faire du chagrin. Quatre ans déjà... Jamais avant ce soir je ne m'étais sentie comme l'orpheline que je suis. Jamais je n'avais eu l'ombre d'un soupçon quant à la douleur de la solitude, quant à sa profondeur invivable. Seule à ne pouvoir compter que sur soi-même pour se divertir, se faire rire, se faire jouir.

Bof! Dans le fond, autant que tu n'y sois plus, maman! Tu ne mérites pas de subir l'avanie que je t'aurais infligée. Tu as été si fière de moi, et moi, j'ai tellement éprouvé de mépris devant ta vie que tu rachetais à travers moi. Ah! Je suis un monstre...

L'air est vraiment exquis ce soir. Un relent d'été. Les classes rouvrent demain. J'ai entendu deux garçons comploter tantôt. Ils veulent faire sauter l'école. J'ai réussi à sourire de leur suggestion sans sérieux. Je comprends leur impuissance face à l'irrévocable. J'en suis là moi aussi, devant une responsabilité que je ne peux éviter. Eux, pour tromper leur peine de vacanciers qui retournent à la geôle, iront flâner entre amis dans les rues, iront au ciné, retourneront au parc où ils ont fêté leur premier jour de congé. Ils y taquineront les filles qui, elles, seront ravies de retrouver leurs copains. Ce sera leur exutoire à eux, leur feinte pour éluder l'incontournable.

Moi, qu'est-ce que je vais bien pouvoir faire pour esquiver le destin?

Je me demande quel a été le plus beau jour de ma vie... Il ne peut être que dans mon enfance, car adulte, je n'ai pas eu l'imagination de me créer une vie distrayante. Ça n'était pas très ardu avec Jani comme amie. Elle, elle trouvait toujours quelque chose à faire pour nous sortir de l'ennui. Je ne manquais jamais de compagnie puisque tout le monde collait à elle. Enfin, quel que fût ce jour, il devait être inondé de soleil. Quel qu'il fût, ce soir, je donnerais un œil pour y retourner. Je crois que ça devait être ce jour d'été, au verger du père de Jani. Un homme violent, monsieur Delisle. Moi, il me flanquait la trouille. Jani, elle, avait adopté pour passe-temps la désobéissance paternelle. J'étais pétrifiée, mais je faisais la brave et je la suivais dans ses quatre cents coups. C'est à cette époque

que j'ai appris que l'amitié exige beaucoup de travail d'entretien. Être populaire comme Jani, c'en était de la besogne. Mais ce jour-là de fin août, j'ai eu le privilège ultime d'un après-midi seule avec mon amie. Elle avait cueilli des fruits encore trop verts dans un des pommiers. Sachant que son père enrageait de la voir ainsi gaspiller le fruit avant qu'il fût bien aoûté, nous avions dû aller le croquer en catimini dans le grenier du hangar. Naturellement, il était encore plus interdit à Jani d'accéder à ce grenier que d'enfoncer ses canines dans les pommes mal mûries. Elle le savait. Elle y prenait tout son plaisir. Je tremblais comme une feuille là-haut, moi. En plus, les pommes étaient si amères que j'en ai grimacé assez pour avoir une ride au visage pour le prouver. Jani s'amusait à former un couvercle avec la pelure, ce qui évoquait un bol de toilette. Ce que nous avons ri ce jour-là! À dix ans, tout est drôle.

Et puis, l'inévitable est survenu. Son père est entré en coup de vent. Il était dans une de ses humeurs violentes qui me faisait faire des cauchemars la nuit malgré les coups d'épaules désinvoltes que Jani dispensait pour me rassurer. Ce jour-là, il en avait l'écume à la bouche. Sous nous, il avait tout viré à l'envers dans le hangar en grognant et en blasphémant. Naturellement, il avait fallu que le fou rire vienne nous prendre d'assaut. Un cri, un gloussement lâché et monsieur Delisle nous aurait battues je crois, lui qui s'était mis à rugir le nom de sa fille pour lui demander un service. En désespoir de cause, dans le but de freiner la poussée de rire, Jani avait eu l'idée peu lumineuse de se bourrer les bajoues de pommes. Ça n'avait fait qu'empirer les choses quand je l'avais imitée, surtout quand un des fruits s'était retrouvé expulsé de sa bouche et qu'elle avait tout juste pu le rattraper avant qu'il ne tombe sur la tête de son père. Monsieur Delisle s'en était finalement retourné. Nous avons eu de la chance ce jour-là de ne pas nous faire prendre. Une autre fois, une voisine malcommode avait téléphoné au père de Jani pour moucharder notre présence sur le toit du hangar. C'était un endroit idéal pour tout observer. Jani a toujours nié fièrement, mais les bleus qui recouvraient son corps le lundi suivant au cours de gymnastique ne mentaient pas. Mon père, moi, m'a seulement dit de ne pas recommencer, que ce n'était pas intelligent. Dire que j'ai pris cet homme doux qu'était mon père pour un mollasson invertébré sans ambition. Il a tout de même rendu ma mère et moi très heureuses en nous inventant une vie de banlieue dans la ouate. Lui ai-je déjà dit que je l'aimais? Sûrement pas.

Mon Dieu que le temps passe vite. Déjà une heure que je suis assise dans les gradins du petit stade de base-ball. Le parc est désert ce soir. Le froid m'a un peu rattrapée durant ma rêverie. N'empêche que j'ai réussi à sourire, à oublier, un instant...

J'ai repris ma marche. Je reviens vers les rues plus fréquentées. Je ne veux pas de solitude. Je veux le mouvement de la foule. Je ne veux pas être seule. L'idée me vient bien un instant d'entrer à la taverne et de me saouler la gueule, mais j'ai déjà l'âme assez chavirée comme ça. La boisson ne ferait que m'inspirer une bêtise plus grave. J'aime autant battre le pavé et voiler mon visage sous la phanie des néons.

Prier... Prier, ça veut bien dire demander en suppliant. J'ai fait une prière. J'ai prié, la tête vers le haut, prié pour un miracle. Moi qui ne sais pas prier pour n'avoir jamais cru en rien... Et pourquoi je regarde en haut quand je prie? Il ne m'est jamais rien tombé du ciel à ce que je sache. Le miracle, il ne viendra pas, je le sais et cela ne fait qu'ajouter à mon impuissance. Quel cauchemar! Prier... La seule prière que j'aie faite dans ma vie, je l'ai adressée à un homme en chair et en os. Un homme que j'ai vénéré plus qu'un dieu. Dani, viens me chercher! Chaque fois que j'ai connu des misères, j'ai prié pour que tu reviennes me sortir de mon marasme. Chaque fois que j'ai connu des joies, c'est à toi que j'aurais voulu les communiquer avant quiconque. Tiens, je crois qu'avant ce soir, je ne m'étais même pas rendue compte que tout ce que j'ai fait dans ma vie, je l'ai fait pour être assez bonne pour toi. Dani... Ce soir, viens me chercher, arrache-moi à ma détresse.

Ce soir, devant la coercition de la fataliste, de la fatidique destinée qu'est devenue la mienne, je me détache de ma personne dans le même motif que les poupées russes. Caïd, petite Caïd démunie se blottit en un personnage du nom de Souk. Souk peste, gueule, chiale. Souk n'a jamais pu accepter les choses mais Souk est une insurrection silencieuse. Souk se soulève sans un bruit, se love dans la personnalité dominante entre toutes, dans la grande poupée au nom de Soupir. Souk et Caïd nichent en Soupir comme dans l'espace exigu d'un garni miteux. Soupir y gouverne avec despotisme. Soupir ordonne: «Reste là sans faire un bruit, sans bouger pour ne pas te faire remarquer.» Alors de sa voix bordélique, Souk glisse: «Bats-toi! Secoue-toi!» Et voilà Caïd prise entre les deux, déchirée, qui se tourne vers un monde chimérique, vers l'illusoire afin de surseoir à son cauchemar. Souk... Soupir... Soupir... Souk. En Caïd, l'anarchie règne, les pouvoirs tiraillent.

J'ai couru... De toutes mes forces... Souk a eu le dessus pour un moment. Bien sûr, je me suis assurée que personne ne me voie. Je n'ai pas envie que demain on raconte que dans un dernier moment de folie, Caïd Castilloux a été vue à courir comme une possédée dans une rue de Bury. Non, je ne veux pas donner ma déconfiture en spectacle. Ça ferait trop plaisir à trop de gens.

Ouf! Je n'avais pas couru comme ça depuis trop longtemps. Journaliste à Bury, ce n'est pas très émouvant. Non! Attendez... Une fois, c'est vrai, je me souviens maintenant, j'ai couru il y a un mois pour rattraper une tasse de café laissée sur le coin d'un pupitre et dont j'avais vu venir la chute parce que Poirier, callipyge gauche, ne peut passer un cadre de porte sans se beurrer de contusions.

Me voici bien ravigotée. Mes cheveux volent au

vent. Mes joues sont bouillantes. Les poumons me chauffent et les dents me chatouillent, mais c'est exquis cette souffrance. Je me sens même forte tout à coup. Assez pour... faire ce que je dois faire sans broncher. Souk. Soupir. Soupir. Souk. Démolir. Démolir tout ce qui est institution, tout ce qui dit: «Petit esprit pour petite ville.» Jeter par terre, écraser sous mes talons, détruire...

Voilà de quoi je parle. Petit esprit pour petite ville: une assemblée de Chevaliers de Colomb, conseil 7313... Bury... Chevaliers de Colomb... Bury... Filles d'Isabelle... Bury... *l'Encrier*... Bury... Caïd Castilloux. *Caïd Castilloux...* Un autre jour, une autre année, le cœur gonflé, le cœur crevé. Ce qui aurait pu être, ce que j'ai refusé d'être, ce qui ne veut disparaître et autour du même pieu me force à paître.

Caïd Castilloux. Bury. *L'Encrier*. Filles d'Isabelle. Chevaliers de Colomb. Soupir. Souk. Poupées russes. Pourquoi je suis restée? Restée autour du même pieu, à paître. Conseil 7313. Chevaliers de Colomb. J'ai toujours eu envie de savoir quelles bassesses on pouvait bien y pratiquer sur les initiés pour ensuite les forcer au silence absolu. Qu'est-ce qui m'empêche maintenant? Pour le plaisir, pour mon simple plaisir, pour une seule maudite fois dans ma vie...

Dans le foyer de la salle des Chevaliers, je me présente, hilare, brinquebalante comme si j'avais bu. Tout de suite je suis freinée par cette espèce de gorille qui semble consterné par la présence d'une «plote» à l'intérieur du temple sacré des

Chevaliers Morpions. Je le connais ce fier-à-bras, mais sans savoir son nom. Il me connaît aussi. Tout le monde se connaît à Bury-de-beurre-de-pinotte, sans se connaître pourtant.

«C'est interdit ici madame...»

Il se prend si au sérieux qu'on pourrait croire qu'il a la vie de Michael Jackson lui-même entre les mains. Je lui ris au visage, je me fais moqueuse.

«Pourquoi? J'ai pas le mot de passe? Attends voir... Ça serait tu...?»

Je me lance dans une série de simagrées grossières en grognant comme la guenon de Tarzan.

«C'est ça le mot de passe? Hein? Je peux entrer voir le Grand Chevalier se faire sucer par ses écuyers colombiens?»

Je sais qu'il veut me frapper. Je voudrais presque qu'il le fasse. Je le mérite. Il ne fait que me repousser vers la porte. J'insiste sans savoir pourquoi. Qu'est-ce que j'en ai à cirer des Chevaliers de Colomb? J'ai le goût de déplaire, c'est tout. Pour une fois que je ne me fends pas en quatre pour être gentille. Pour une fois que Souk a le dessus sur Soupir.

Il me croit ivre. Il me croit folle. Je le suis peut-être?

«T'as envie de me frapper, hein? Vas-y! Je t'en prie... Au nom de l'égalité de l'homme et de la femme, crisse-moi tes jointures entre les deux yeux.

— Madame, je vais appeler la police si vous partez pas.

— Frappe! Je le mérite! Je mérite un coup sur la gueule!

— Bon, ça va faire là...»

Il m'a repoussée à l'extérieur. Il referme la porte derrière moi, la tient fermée et s'assure que je m'éloigne. Ses sourcils sont froncés.

Je perds un peu les pédales. Une rage que j'avais jusqu'alors maîtrisée me traque, me braque, me craque l'âme. Je m'éloigne à reculons en m'écriant...

«La police... Elle s'en vient déjà, t'as pas besoin de l'appeler! Et tu pourras dire au Grand Chevalier que tout le monde le sait qu'il est un pédé. Si sa femme m'avait pas payé un pot-de-vin et n'avait pas couché avec Grignon, tout le monde le saurait à Bury pourquoi le petit Pitre s'est jeté en bas du pont dans la rivière...»

Encore, comme une forcenée, je me rue. De nouveau je me retrouve dans une ruelle. Je m'affaisse contre le mur de l'épicerie. Je n'ai croisé et bousculé qu'un couple qui a ri de voir une folle en perdition.

Je peste, je frappe du pied les caisses qui traînent près de l'entrepôt. Je pleure!? Non, pas vraiment. Mon visage se contorsionne, mais aucune perle salée ne caresse ma joue. Je martèle le mur de mes poings. Au ventre j'ai la rage qui me poignarde. Je me rends compte que toutes les fois où je me suis tue pour respecter les autres, je n'ai fait que comprimer en moi des frustrations qui sont devenues des haines silencieuses. Soupir a trop régné sur mes terres. Dire qu'on admirait mon attitude joviale. J'entrais toujours partout en souriant. Je repartais sans avoir l'air d'être soulagée de ma libération. Au fond de moi, j'avais pourtant tant de colère étouffée que j'ai fini par en faire une infection et c'est ce soir que l'empoisonnement agit. Souk ne veut plus être la poupée du milieu.

Bon. Finies les doléances. Il ne me reste que dix heures trente minutes à respirer et je les veux plus joyeuses. Je dois me ressaisir. Il ne faut pas gâcher ce qu'il me reste de mon sauf-conduit.

«Madame Castilloux!»

Un adolescent intimidé devant la femme que je suis me rejoint par derrière. Je suis revenue sur la rue Principale et dans une vitrine je rencontre mon visage calme. Qui pourrait dire que...? Enfin...

Je ne connais pas le nom de ce jeune homme. Je l'ai souvent vu, je crois, mais sans pouvoir le nommer. Lui, il me connaît. Bien sûr. J'ai déjà eu le statut de célébrité grâce à ma position à l'*Encrier*. Des gens dont j'ignorais le nom me saluaient souvent de mon prénom.

«C'est parce que je voudrais savoir, amorce le garçon. Je commence le secondaire cette année, puis le journalisme me tenterait peut-être, mais y'a des affaires que je sais pas.»

L'hiver dernier, lors de la semaine des carrières et professions, j'avais donné une conférence à son école. Quel baratin! «Le plus beau métier du monde... Fascinant... possibilités de carrière outre-mer et d'aventures...» quand au fond, tout ce que j'avais envie de leur dire, c'était de voler une banque, de jouer l'argent aux courses et d'aller couler le reste de leur vie en Bolivie.

«Comment tu t'appelles?»

Il me l'a dit... J'ai oublié d'écouter. Luc peut-être... ou Gilles. Comment peut-on appeler un enfant Gilles? Il faut vraiment le vouloir humble et sans cesse mortifié d'un sentiment de culpabilité.

«J'aimerais juste savoir si ça paye bien puis comment tu fais pour devenir journaliste. Mon père me dit que ce serait une bonne idée pour moi parce que j'ai échoué mon cours de math et que t'as pas besoin de math pour être journaliste.»

Je ris. Il a tout pigé.

«T'as parfaitement raison. Il faut juste assez de mémoire pour apprendre des mots grands comme le bras et camoufler ta stupidité derrière des grandes phrases creuses...»

Je lui flanque la trouille. Il est prêt à fuir, mais il n'en fait rien, car plus encore que l'intimidation, son attirance pour une femme mûre l'écartèle. Il aurait des fantasmes sadomasos de pubère à mon égard que je n'en serais même pas surprise. Je pose ma main sur son épaule. Je suis convaincue qu'il a une érection. Ses yeux sont ceux de quelqu'un qui tente de se persuader que ça ne se voit pas. Je suis méchante, je le sais, d'ainsi abuser de mon pouvoir, mais pour lui, je le sais, ceci deviendra un beau souvenir.

«Mon garçon, j'ai seulement un conseil pour toi... Te tracasse pas maintenant avec ce que tu veux faire de ta vie. De toute façon, c'est toujours la vie qui décide. La vie viendra te chercher si elle en a envie, autrement, tu finiras aux pâtes et papier, comme tout le monde à Bury.»

Je ne résous pas son problème. Lui, tout ce qu'il veut savoir, c'est combien de foin il empochera pour le moins d'effort possible. Moi, je tourne les talons, le laisse derrière plus confus que tantôt.

La *Main*... À pied, ça fait déjà trois fois ce soir que je la parcours de haut en bas. La marauder jadis en voiture les vendredis et samedis soirs devenait vite répétitif. Mais nous étions tous ensemble, c'est ce qui importait, surtout quand Jani a commencé à fréquenter de plus en plus le beau Marc et à me négliger, moi, davantage chaque jour. Marc était le plus beau gars de l'école de la Rivière. Jani devait toujours être la première pour tout, que voulez-vous! La première de notre groupe d'amies à être menstruée, la première à être déflorée... La première à mourir... Le soir du bal des finissants. L'histoire typique. Nous avions tous trop bu. En haut de la côte de Bury, la côte de la mort, Marc, dans la voiture de son père, et ses amis dans une Jeep, jouaient au *chicken*. J'ai vu Jani pour la dernière fois dans un tiroir, à la morgue. Rien n'a tellement importé après ça, pour moi, en amitié. J'ai donné suite à peu d'appels d'amis prometteurs, je ne me suis jamais présentée à maints rendez-vous... Savez-vous ce que c'est de voir la tête de sa meilleure amie vous rouler sur les cuisses après que l'auto où vous preniez place se soit emboutie sous un camion lourd? Je ne me souviens pas de grand-chose sauf que je m'étais penchée pour enlever mes souliers qui me faisaient mourir. C'est sans doute ce qui m'a sauvé la vie. On avait tellement ri ensemble... La vie n'a pas de sens.

J'ai débouché sans le vouloir devant mon appartement. J'y serais en grimpant ces marches qui mènent au-dessus du garage de mon propriétaire. J'y serais, à ces deux pièces, chambre à coucher grande comme le creux de ma main et vivoir-cuisine tout en un, sauf que je ne veux pas y être. Je préfère m'écraser dans l'escalier, le visage entre les mains.

«Ça va mademoiselle?»

Ce ton hypocrite, cet air d'avoir bien hâte d'être débarrassé de moi... C'est mon propriétaire, Legault. Je suis certaine qu'il sait tout. Après tout, c'est un ami de Grignon. Mais non, c'est idiot, comment pourrait-il savoir?

«Oui, ça va...»

C'est un mystère, vraiment, que je n'aie pu remporter l'Oscar de la meilleure actrice pour une performance d'une durée de vingt-neuf ans dans le rôle d'une fille forte et amoureuse de la vie. J'ai tellement souvent convaincu les gens que tout allait bien en écoutant leur malheureux échec avec une pousse d'échalote ou leur problème d'hémorroïdes. Mais j'ai berné et ai été bernée aussi. Moi qui suis plutôt bon juge de caractère, je m'étais laissé avoir au jeu de mon propriétaire. Sournois individu qui n'a jamais rien fait d'autre que de me guetter pour me prendre en défaut.

«Euh... commence-t-il du ton de quelqu'un qui aime se faire croire qu'il a une importance, ton auto, tu pourras plus la garer là maintenant. Tu la laisseras dans la rue. Je me suis acheté un camion et j'ai besoin de place.»

C'est ça... Tu peux bien te le garer dans le rectum, ton camion.

Naturellement, je ne dis rien, ne fais que sourire mollement. Pas la peine de dépenser un regard en sa direction. Je sais faire mieux. Je sais comment en arriver à ce que les gens souhaitent disparaître dans leurs souliers. C'est mon plus grand, mon ultime talent et je ne me prive pas d'en user.

Dans ma poche de manteau, j'ai récupéré mes clefs. Je vais à mon auto, y monte, claque la portière. Legault, accroché à la poignée de porte de sa maison, se défend, mal à l'aise:

«C'est pas obligé d'être tout de suite.»

Il y a si longtemps que je me plie à ses caprices que l'envie me vient un instant de le heurter en rejoignant le chemin. Je n'en fais rien. Je n'entends pas non plus ce qu'il vient de crier. Tant pis, je ne reviendrai plus jamais de toute façon à ce logis minable où j'ai eu la petitesse de me trouver bien. Se trouver bien dans un trou, c'est le manque d'ambition qui m'a tuée.

Où aller pour me défiler? Où me terrer pour ne plus jamais revenir? Quand on se sauve de soi-même, on n'a nulle part où se cacher, comme disait une chanson de mon adolescence.

Marauder la rue Principale en voiture... Paître autour du même pieu. Redondance dans ma déchéance. Je n'avais pas fait ça depuis... depuis que l'enfance est morte. Des gamins, encore, qui croient qu'on excite une femme en criant des grossièretés, me font de l'œil. Un regard que j'envoie tout exprès sale et cochon les fige. Ils décampent au feu vert. J'ai souri. J'ai oublié. Oublié tout...

Rouler de nuit sur une route pleine de méandres qu'on reçoit au visage par le biais de panneaux de signalisation, quel délice! Je ne ralentis pas, je fonce. J'apprends ce chemin comme on apprend une nouvelle bouleversante. Je sais seulement qu'il longe la rivière Noire du haut d'escarpements rocheux. Je sais qu'on raconte y avoir vu le fantôme d'une femme vêtue de blanc. Le fantôme de la 501, cette femme dont le corps a ressurgi sur la berge, un câble de télévision autour du cou, morte étranglée...

Je roule et je rumine. Je réfléchis à ce vendredi après-midi, à cinq minutes du week-end, quand Grignon, souriant, m'a convoquée à son bureau. L'ambiance était à la fête. Tout le personnel de l'*Encrier* était réuni autour du pupitre de Morel, ce farceur qui, à l'aide d'une allumette de carton séparée par le bas qu'il avait enflammée et faisait danser sur son pupitre, nous incitait à deviner à quoi cela nous faisait penser... À Michael Jackson dans une publicité de Pepsi, bien sûr... C'est alors que Grignon m'a invitée derrière les murs de verre de son bureau. Stupide, j'ai cru que c'était pour me féliciter de mon bon travail. Il blaguait sur la minceur du journal cette semaine-là et moi j'ai répondu sur le même ton que les fermiers allaient être déçus parce que ça ferait moins de papier pour nettoyer le pis de leurs vaches. Grignon a ri, seulement pour plus tard me mettre sur le nez que je n'avais aucun respect pour nos lecteurs.

Il avait presque l'air heureux de me ramener

ma gaffe au visage, malgré un faux air compatissant qui lui allait comme ses oreilles vont à Charles.

«Tu sais Caïd que tu es maintenant notre doyenne à la rédaction. Dix ans de service...

— ...Neuf ans.

— Ouais... Neuf ans, c'est énorme. C'est pourquoi je serai quand même équitable en te laissant partir. Tu auras droit à ta pleine prestation d'assurance-chômage, plus la balance de ton salaire pour trois mois.»

Alors là, j'avoue que je ne comprenais pas grand-chose à ses propos. Il avait, je le pense, une étincelle de malice dans les yeux en déployant devant moi l'exemplaire du mois passé. La rubrique criminelle... Interdit de publier le nom d'un mineur. En temps que chef de pupitre, il en revenait à moi de réparer l'impair, de biffer le nom de ce jeune délinquant.

La première omission de toute ma carrière, moi qui faisais rager mes collègues en repérant sur l'écran de l'ordinateur, à cinq mètres, leur moindre erreur de frappe.

La famille acceptait d'abandonner toute poursuite judiciaire si le journaliste responsable écopait. C'est ma tête qui a roulé.

«Tu sais bien que ce n'était qu'un prétexte pour congédier une incompétente qui gênait depuis longtemps.» Je l'ai entendue souvent celle-là, au café, derrière les isoloirs quand on ignorait ma présence. Pourtant, étrangement, à part une légère brûlure au ventre, je ne me sentais pas accablée par la situation. Pas encore en tout cas. Mon état financier n'était pas à plaindre. Non, j'avais surtout mal de ne pas être partie quand l'idée m'avait travaillée quelques mois plus tôt. On eût dit que Jean de La Fontaine, notre dieu à tous là-haut, voulait me montrer une petite leçon sur la pusillanimité. Un jeune garçon au bout de lui-même avait fait éclater une vitrine et moi, l'honnête travailleuse, j'attrapais la claque sur la margoulette.

Mes pneus crient. Je dois sans cesse ajuster mes réflecteurs que le feuillage des arbres éponge. La lumière se fait dans les maisons après mon passage. Je devrais ralentir... Je vais réveiller les vaches et leur lait va tourner.

Cul-de-sac. Mes phares sont braqués sur cette barrière au bout du chemin. Je me tiens debout sur le tablier du vieux pont qu'on a commencé à dynamiter pour le démolir. J'entends l'eau suinter tout en bas.

Les mains dans les poches, je contemple. La nuit pourrait être féerique. La lune n'est qu'à une lamelle d'être ronde et les nuages courent devant elle, tracent les arbres au fusain.

J'avoue que l'idée de sauter m'a semblé alléchante pour un moment. C'est même cette intention qui m'a conduite ici. Si, rationnellement, je calcule qu'il y a dix ans, je m'étais zigouillée, je déduis que je n'aurais jamais connu le merdier où je cale en ce moment, et, or, je peux logiquement conclure qu'en me reprenant aujourd'hui, je n'aurai pas, dans dix ans, à faire un autre bilan navrant d'une vie qui était vouée d'avance au fiasco. Dix ans... Tu oublies, ma fille, que tu n'en as plus que jusqu'à l'aurore. Pas obligé... Je pourrais me sauver, aller me cacher quelque part où nul ne me retrouverait. Non! Fais ce que tu dois faire. Oui... comme j'ai fait toute ma vie... faire ce que je dois faire. Il n'y en avait pas, pour Caïd Castilloux, de façon d'être heureuse. Je suis comme ça. Quelque part, ça bloque.

Prestataire d'aide aux chômeurs, j'aurais pu réaliser un vieux rêve... écrire un livre. Je n'en avais pas la force morale, je crois, à ce moment-là. Je postulais des emplois, confiante de racheter mes chimères de collégienne. Tous ces rejets me sont revenus à la figure comme de mauvaises odeurs. J'ai eu peur, un peu, j'ai paniqué. Je n'avais jamais éprouvé cette angoisse avant. Ma vie m'avait trop maternée.

Rester coincée entre quatre murs, chez moi, je n'en pouvais plus. Je n'avais jamais été inactive. Je ne me sentais plus d'utilité à la société. Je me rendais compte que neuf ans à l'*Encrier* de Bury ne me qualifiaient même pas à laver les parquets dans un grand journal. Puis, je ne pouvais sortir de l'appartement, aller à la fruiterie sans que le premier venu enquête... Qui? Quand? Comment? Pourquoi? Où? Pis? Les gens qui me croisaient me regardaient en coin, chuchotaient dans mon dos sans se préoccuper que j'entende leurs malveillantes remarques. Et ce sourire en coin qu'ils avaient tous... Les gens prennent vraiment un vilain plaisir à voir tomber les autres à plat cul.

J'ai connu un autre sentiment qui m'était nouveau à ce moment-là. J'ai connu l'humiliation.

Comment une fille de parents humbles, mais de qui elle a tout reçu, une fille qui a toujours bien réussi sans trop d'effort, peut-elle comprendre ce que signifie le mot humiliation? Ça m'a sauté au visage à cette époque-là. Une image me revient en mémoire. Enfant, à notre école, il y avait cette famille, les Bleau. Dix gamins sans intervalle d'âge de plus de deux ans, dont le père était en tôle et dont la mère se tuait dans un club de nuit. Les élèves de l'école avaient organisé une cueillette de vieux vêtements pour présenter le tout à l'aîné Bleau, Jacques. Ce que nous avons pu être offusqués lorsqu'il nous a tout balancé au visage en nous sommant de nous fourrer les fringues là où il pensait. Ce que nous avons pu être froissés, après tous les efforts que nous avions dépensés. Qu'est-ce qu'on pouvait bien comprendre à l'humiliation et à la fierté, nous, petits bourgeois gâtés? Rien du tout. Ça m'a même pris quinze ans à comprendre. Quelle imbécile je suis! Et dire que si longtemps je me suis crue intelligente. J'évitais même de lâcher les blagues qui me venaient à l'esprit tant j'étais persuadée que personne ne pouvait possiblement les saisir.

Vingt-deux heures déjà! J'ai peur. Pour la première fois, vraiment, j'ai peur. Si je pouvais sauter en bas du train en folie... Si je pouvais revenir en arrière... Je ne veux plus faire face. Je veux me sauver, me cacher. Dani... viens me chercher. Je t'implore comme mon dieu, comme mon sauveur. Ma vie aurait été si différente avec toi.

Depuis Dani, ce n'est pas le manque d'intérêt

des hommes qui m'a fait aboutir seule. Non. J'ai été aimée, je le sais, souvent, ardemment, comme toute femme rêve d'être aimée. Ce n'était pas assez bon pour moi, même quand un homme sincère m'avouait qu'il avait peut-être été avec une autre, mais que c'est à moi qu'il pensait. Je leur ai ri au visage. Pas par méchanceté, mais parce que je ne les croyais pas. Il y a eu Paul au collège, trop sensible, qui était resté enfant et menaçait de se jeter sous le métro chaque fois que je le repoussais. Il y a eu Antoine qui m'aurait emmenée en Europe avec lui mais qui a fini plutôt amer à mon égard. Il y a eu un autre Paul que je n'ai pas vraiment eu le temps de bien connaître avant qu'il reparte de Bury comme il était venu. Non, après Dani, plus rien n'a été assez bon. Et j'ai tant blessé sans le vouloir.

Le célibat n'est pas un fardeau pour moi. J'y trouve mon air à respirer. Oh! il est évident que certains soirs de solitude, mes anciens amours me roulent sur le corps comme des rouleaux compresseurs, mais en général, j'aime bien mon lit à moi toute seule. Je ne sais pas dormir à deux.

Plusieurs hommes me trouvent jolie. Moi, je ne m'aime pas vraiment. Mon physique est dépassé depuis 1940. Mes hanches sont trop rondes à mon goût et je perds la ligne rien qu'en humant l'odeur de patates frites sur la rue Principale. À vrai dire, et surtout depuis que mes cheveux châtains, ondulés, ont été taillés à la nuque, je ressemble un peu trop à ces photos en médaillon de ma mère adolescente, où un air rêveur donne l'impression qu'elle cherche le bout de son nez.

Ma mère avait quarante ans lorsqu'elle m'a donné la vie, et la voisine, cette chipie de madame Shnepp, avait prédit pour ne pas dire souhaité, qu'un enfant aussi tardif serait mongolien. Pourquoi n'ai-je pas compris de son vivant tout le zèle de ma mère à mon endroit? Je ne dois pas avoir de cœur.

Je me flanque les fesses sur le capot de ma voiture en refermant mon manteau. Le capot est bouillant. Cette chaleur me redonne courage. Il m'en faut si peu pour perdre mon équilibre. J'ai toujours été ainsi: mal dans ma peau. J'aurais voulu être un garçon quand j'étais enfant, simplement parce que ça allait mieux pour uriner. Toute mon adolescence, j'ai été malheureuse sans le montrer, parce que je ne voulais pas être la tronche que j'étais qui passe ses heures de dîner à la bibliothèque à faire semblant d'étudier, simplement parce qu'autrement, elle aurait été seule dans la foule. Heureusement encore que j'avais Jani.

Sous mes airs studieux, je rêvais à m'en rendre malade de chagrin que j'étais quelqu'un d'autre. Je rêvais, avant que cela ne devienne à la mode dans les années quatre-vingt-dix, je rêvais que j'étais le chef d'un gang de rue. J'étais le leader qui décide, les beaux soirs où il n'y a rien à faire, où le groupe ira, quel coup pendable il fera, quel commerce il défoncera. J'étais si mal dans ma peau. Le soir, j'étais tellement malheureuse en regardant par la fenêtre de ma chambre. J'étais malheureuse d'y être dans mon cocon rose tandis que dans les journaux on rapportait que la bande de Chrétien avait défoncé la porte de l'école pour aller y mettre le bordel à coups de couteau, dans la bibliothèque, pour la simple raison qu'un professeur l'avait écœuré en classe.

La bande de Chrétien. Ce beau grand blond dont toutes les filles étaient dingues. Il traînait dans la ville toute la nuit et moi je rêvais d'être de son gang. Mais j'étais bonne, moi. Cette bonté au-dessus de mes moyens devenait mon carcan. La bonté n'est pas naturelle, pour personne, j'en suis certaine.

Ça, c'était la manifestation de Souk en moi. Souk voulait détrôner Soupir, mais Soupir, je l'entends encore, n'avait qu'à lâcher de sa voix monocorde: «Y'a la poussière à dépoussiérer, la crasse à décrasser», pour que Caïd fasse le dos rond et entre dans l'axe droit de la bonne conduite.

La poussière à dépoussiérer, la crasse à décrasser... C'est ça, marche droit Caïd Castilloux. Sois plate et tais-toi.

Adulte, je n'ai pas plus trouver mon équilibre. Je suis restée une adolescente en transition entre deux mondes. Tiraillée constamment, jusqu'à vingt-cinq ans j'ai eu les mêmes sautes d'humeur qu'une fille de seize ans. J'en avais gardé la révolte, le mécontentement continuel devant l'existence et son petit patron prévisible, ses rebondissements peu originaux. Pourtant, les gens autour me croyaient au faîte du nirvana. «Vous devez avoir un bon homme qui vous rend heureuse, vous, pour être toujours aussi souriante», me lançaient bêtement les personnes que je rencontrais.

J'aurais aimé mieux être cascadeuse au cinéma ou espionne internationale que d'être journaliste dans un hebdomadaire de Bury. Mais je restais cloîtrée dans mon petit confort de yuppie, me contentant de me coucher plus tôt pour rêver plus longtemps et même de me bourrer de café pour garder le sommeil plus longtemps de l'autre côté de la douve du château.

J'ai repris la route sans savoir où je vais. Moi qui ai rêvé souvent de départs et de périples sauvages dans des endroits hostiles et dangereux, eh bien, cette excursion hasardeuse, je l'ai entreprise ce soir au plus profond de moi-même. Un voyage dans des endroits sombres et arides. J'y risque fort de me noyer dans les eaux troubles de mes larmes. Je pourrais m'étouffer tant le vent de face est intraitable. Si une falaise s'ouvre sous mes pieds, je chuterai dans l'abîme. Je voudrais y trouver une grotte tiède où me lover. Je dérive sur un glacier dans une mer enragée et tourmentée. J'ai froid. J'ai peur. J'ai rencontré des bêtes sanguinaires qui m'ont attaquée, ont déchiré mes vêtements, m'ont laissée gisante par terre... Quiconque plongera dans mon regard ce soir y tombera dans un grand vide noir et atterrira dans un champ de pierre, un royaume calciné.

Je voudrais un instant de répit entre deux batailles. Une trêve pour guérir un peu mes blessures. Un repos pour ma tête lourde de trop d'ambitions bousillées. Mais les champs brûlent au loin, le feu avance vers moi. Juste un petit répit pour reprendre mon souffle. Deux doigts d'évasion dans un fond de nuit.

Ce soir, je voudrais qu'on observe deux minutes de silence à la mémoire de la seule période de ma vie où j'ai été heureuse, l'enfance. Deux minutes de silence, et cinq minutes pour bâton élevé à la vie, cette salope pisse-froid. Chienne de vie.

Attendre... Encore attendre... C'est ce que je faisais toute la journée dans mon appartement après mon départ de *l'Encrier*. Attendre, c'est perdre l'âme. Attendre... Compter les carreaux au parquet, compter les fleurs sur la tapisserie, regarder rouler les nuages. Attendre, gagner du temps et avancer en dépit du monde entier qui vous pointe du doigt, gronde, ne cherche qu'à vous mettre à la porte. Oh! la folie me guettait... J'avais envie d'entendre les gens parler de banalités pour que le soleil revienne dans ma vie. Le soleil est banal. C'est un vieil ami qui m'a vue nue, m'a couverte de baisers tout le long du corps, m'a trompée, est revenu. Un ami qui ne peut me seconder ce soir dans un instant douloureux parce qu'il est en voyage d'affaires au Japon en ce moment.

En attendant, j'ai pu faire le bilan de mes exploits. Vous savez quel a été mon plus grand exploit? De conduire notre équipe masculine moustique de balle-molle au championnat provincial, moi qui suis plus à l'aise en algèbre qu'en règlements de terrain. Je n'avais accepté d'être entraîneuse que pour rendre service à la communauté, mais comme je déteste perdre, j'ai fini par prendre la chose très au sérieux. Petite vie...

Les criminels en fugue reviennent toujours au lieu de leur enfance. C'est ici que j'ai grandi. C'était ici, devrais-je dire. Ma voiture m'a conduite à ce chantier de construction à l'extérieur de Bury: *Site futur de la SAB, agence aérospatiale.* C'était ici que se trouvait la maison de mes parents tout contre le verger des Delisle. Les arbres fruitiers ont tous été rasés, les habitations et bâtiments jetés par terre, tout ça pour construire cet hideux édifice brun où seront usinés des bidules de haute technologie.

La SAB devait remplacer les pâtes et papier qui ont fermé au cœur de Bury il y a un an déjà. Comment une industrie spécialisée dans la fine pointe des technologies aérospatiales employant soixante-quinze personnes peut-elle remplacer une usine qui en faisait travailler trois cents? Tous les ouvriers de la SAB viennent de l'extérieur de Bury car une formation spéciale est nécessaire pour ce travail délicat. Personne de Bury et des anciens employés des pâtes n'a gagné quoi que ce soit là-dedans, sauf... Grignon. Encore et toujours Grignon. Grignon qui a fait venir la SAB à Bury et fait changer le zonage pour implanter l'agence sur l'emplacement du verger des Delisle. Ici, justement où j'ai tous mes meilleurs souvenirs d'enfance et d'adolescence. Il m'aura arraché tout, ce sale Grignon, jusqu'à ma dignité, jusqu'à mes bonheurs d'enfant.

Là où les pommiers fiers s'alignaient autrefois, ce soir, derrière une clôture de poulailler, les bulldozers et les grues puants de diesel dorment près de la charpente de la SAB. Autrefois, là-bas, il y avait cette belle maison blanche au toit et aux volets noirs, entourée d'une palissade en parfait état, où la galerie était fleurie comme un jardin d'éden. Ouf! J'ai des nœuds au cœur en y repensant... La maison de mon enfance où en m'assoyant sur le perron au retour de l'école, j'étais envahie par l'odeur de friture des plats que maman mijotait. Puis arrivait papa, sa serviette d'enseignant sous le bras. Tous les deux nous entrions en même temps pour être accueillis comme des héros de guerre revenus à la patrie.

J'ai une boule dans la gorge en repensant à cet été en particulier. L'été Dani... l'amour. L'amitié avec Jani... Le verger fleuri au printemps, rouge à l'automne. Cette année-là a peut-être été, dans toute ma vie, la seule qui ait valu la peine d'être vécue. Dani était l'homme engagé chez les Delisle, exceptionnellement puisqu'une tornade au printemps avait abattu une partie des plus vieux pommiers au bout de la propriété. Dani se chargeait de débroussailler tout ça. Il a logé tout l'été chez les Delisle. Moi, j'étais la voisine voyeuse qui l'épiait de ma chambre quand il travaillait torse nu à la lisière du verger. Tout un été. Vraiment, l'été de ma vie.

Je connaissais Dani, déjà, pour l'avoir remarqué *Chez Louis*. Il était mon aîné d'une année. Beau, pas à s'en arracher les cheveux, je l'avoue, mais avec sa stature d'athlète, ses cheveux cendrés, ses yeux qui selon la température étaient ou gris, ou verts, ou pers, moi je l'aurais bien empaillé et posé sur la chaise de ma chambre pour le regarder tout le temps.

Au début, je crois bien que je l'embêtais royalement. Je me souviens de notre première vraie rencontre, chez Jani. J'étais venue frapper à la porte-moustiquaire des Delisle pour quêter la compagnie de ma meilleure amie. Le père de Jani, veuf depuis la naissance de sa fille, était parti en ville y faire des achats et mon amie l'avait accompagné. Dani y était seul à se préparer le petit déjeuner. Je me souviens, à l'époque, je portais les cheveux longs et avais cette manie qui agaçait ma mère de toujours me les renvoyer derrière les oreilles. Elle disait que j'allais finir les esgourdes claquant au vent. «T'as déjà assez les oreilles en portes de grange comme ça, tu trouves pas?» s'exaspérait-elle en levant les mains au ciel. «Caïd Castilloux, ses fesses comme des tablettes, ses oreilles en portes de grange, son p'tit jupon piqué», chantonnait pour sa part mon père sur l'air de «Marie-Madeleine».

Ce matin-là, Dani, qui ne paraissait pas vouloir me parler, m'avait tiré bruyamment une chaise en la traînant sur le plancher. La conversation n'avait pas été très riche en propos édifiants. En fin de compte, c'était plutôt moi qui parlais et lui qui faisait semblant de m'écouter. Dès qu'il a pu, il s'est défilé en prétextant qu'il avait du pain sur la planche au verger. Moi, dès lors, j'ai ressenti cet agacement constant au creux de ma poitrine. Sa présence musclée me rendait agressive. Devant lui, j'éprouvais le besoin de mordre. Aussi, quand au fil des jours suivants, il continua à être froid à mon endroit, cela me froissa grandement. Chaque fois que je l'approchais, j'aurais voulu le griffer au visage, lui arracher tous les cheveux un à un... Ah! le premier amour!

Vacancière désœuvrée, j'ai passé plus de temps chez les voisins que chez moi cet été-là. La maison des Delisle, je peux encore la voir. Elle se trouvait ici, près du chemin. Elle ressemblait à une chaumière du midi de la France, sauf que son haut toit arrondi en son pignon n'était pas de paille, comme on en voyait sur photos dans des livres, mais de goudron noir. La cheminée achevait le faîte d'un côté. La cuisine et sa fenêtre à carreaux faisaient avant-corps. Deux lucarnes devant soulevaient les tuiles de la toiture. Trois marches de pierre conduisaient à la porte et un baril recevait l'eau de pluie. Le soleil entrait toujours à pleine gueule à l'intérieur.

La cour... Elle était à vous faire pâmer. La cour n'était rien de moins qu'un jardin de fleurs sauvages où fougères, marguerites, chicorées, tournesols, moutardes, endives et quenouilles bordaient un sentier de pierres plates à l'ombre d'un saule. Il y fleurait toujours comme dans une parfumerie... Qui aurait pu croire, en roulant lentement devant cette demeure lors d'une promenade en voiture le dimanche, que derrière tant de beauté innocente se cachait un enfer, celui de Jani aux prises avec son père tyrannique, pour ne pas dire cinglé? Et pourtant, c'est la dureté de monsieur Delisle qui m'a permis de me rapprocher de Dani. Nous nous sommes tous les trois rapprochés cet été-là, comme des amis sincères, les meilleurs amis que j'aie jamais eus.

C'est bizarre tout de même. De ce temps-là, je me souviens presque de tout dans les moindres détails, même de l'ordre des bibelots de ma mère sur l'étagère de la cuisine, et pourtant, je ne sais même plus si c'est hier ou avant hier que j'ai... Ah! pourquoi a-t-il fallu que le présent me revienne en tête? J'étais si bien, là-bas, au pays de mon adolescence. Dans ma voiture arrêtée sur la route, je referme mon manteau, me cale dans la banquette. Je baisse les paupières... Je retourne au verger...

Je suis un peu égoïste d'immoler ainsi un été qui pour ma meilleure amie a été un chemin de croix. Son père était devenu complètement jaloux. Jani n'avait même plus le droit de sortir que son père la suspectait de voir Marc. Aussi, une fois, monsieur Delisle qui avait remarqué, ou inventé, des traces de pneus dans le gravier du chemin d'entrée, avait infligé une raclée à Jani. Je l'ai deviné pour avoir entendu du fracas jusque chez mes parents. Pourquoi n'ai-je jamais rien fait pour l'aider? Peut-être parce qu'elle réussissait toujours à me convaincre que tout allait pour le mieux? Ou peut-être parce que je ne voulais pas y croire? Toujours est-il que Jani a dû voir Marc tout l'été en cachette. À la tombée du jour, elle allait le retrouver dans le sous-bois d'une terre voisine.

De mon côté, ma conquête de Dani n'avançait pas très bien. Un jour, à bout de ressources, je n'avais trouvé mieux pour attirer son attention qu'un sale tour. À midi, je m'étais portée volontaire auprès de Jani pour aller au verger amener à Dani le goûter qui lui était destiné. Je me souviens encore de son ton rêche qui m'avait tant blessée alors qu'il avait lâché:

«Qu'est-ce que tu fais ici, toi?»

J'avais compris qu'il aurait sûrement mieux aimé voir Jani. Vindicative, j'avais inventé quelque chose pour lui causer des ennuis.

«Monsieur Delisle m'a envoyée te dire qu'il a besoin de toi tout de suite à la remise.»

C'était un mensonge dont je n'avais pas pesé les conséquences. Monsieur Delisle était comme patron aussi sévère qu'il pouvait l'être comme père. Le temps gaspillé à se rendre du verger à la remise avait été déduit de la paye de Dani, sans compter l'engueulade qu'il avait eu à subir en se présentant au hangar sans vraiment y avoir été demandé. J'ai été très reconnaissante à Dani de ne pas m'avoir, comme il en aurait eu tous les droits, dénoncé à monsieur Delisle. Lui qui n'appréciait déjà pas tellement que je rôde sans cesse sur sa propriété.

Dès cette après-midi-là, alors que je dévorais un roman sur le porche de mes parents, j'avais vu Dani sauter la palissade et s'avancer vers moi. Dans ses yeux, je me souviens avoir vu une étincelle de vengeance qui m'avait fait déguerpir vers le garage de mon père avant de me faire voir. Dissimulée dans un recoin d'où je pouvais épier, j'avais vu Dani se faire dire par ma mère, à travers la contre-porte:

«Bien sûr que tu peux avoir un peu d'eau à boire! Mais va la prendre dans le robinet du garage. Je vais t'envoyer Caïd avec un pot. J'ai pas envie qu'il tombe des gouttes d'eau sur mon plancher que je viens de cirer exprès pour la visite paroissiale du curé. Surtout que madame Cadieux vient de me téléphoner pour dire qu'elle a vu l'abbé descendre la grande côte de Bury sur sa bicyclette. Il ne devrait plus tarder, là!»

Alors, Dani était venu m'attendre au garage où le soleil entrait par une lucarne. Un tuyau aboutissant en chantepleure sortait du sol droit d'une citerne souterraine. Il aurait pu se désaltérer à même le robinet. Il n'en faisait rien. Il m'attendait, mais pas comme un amant attend sa maîtresse, ça non. J'avais dû prendre mon courage à deux mains et sortir de mon trou. J'étais inquiète et j'avançais la tête penchée pour chercher son visage que je ne pouvais voir derrière une poutre d'appui. Alors, il m'avait aperçue, s'était avancé vers moi en lâchant entre ses dents:

«Monsieur Delisle veut te voir à la remise hein?»

J'avais reculé à en être adossée au mur pendant que lui s'avançait encore. Je m'étais défendue comme j'avais pu.

«C'était une farce Dani...

— Y'a personne qui rit ici...

— Voyons... c'est pas si dramatique que ça.»

Il était tout près de moi, grand, fort... même son odeur de transpiration ne me déplaisait pas. Alors que j'avais cru qu'il allait me bousculer un peu, il s'était détourné pour aller faire couler l'eau du robinet sur son visage. Ce relâchement m'avait donné le courage de reprendre la parole, de hausser le ton en envoyant mes cheveux derrière mes oreilles.

«T'as couru après aussi, Dani Drouin, avec la façon que tu me traites toujours!

— De quoi tu parles?» avait-il fait méchamment.

J'avais alors été fouettée en plein cœur par son regard. Dans l'ombre du garage, ses yeux prenaient une teinte violacée. Et la façon qu'il avait de porter son poids sur une jambe, en repliant l'autre pour faire gonfler ses biceps, son torse... J'en avais le ventre qui me brûlait. Dani paraissait toujours retenir l'élan de son corps trop puissant. Sa peau luisait sous la sudation, ce qui lui donnait un air sauvage, les sourcils incurvés, les cheveux de la nuque mouillés. Sa joue droite battait à force de tenir sa mâchoire soudée.

«C'est vrai, avais-je continué en m'écriant, l'autre matin t'es sorti quand je suis entrée, tu me réponds toujours comme si tu crachais...

— Caïd! avait tranché la voix métallique de ma mère. Va donc mettre ta robe propre avant que le curé arrive.»

Ma mère s'était assurée que je sois en sûreté loin du jeune homme inconnu, avant de me talonner sur le sentier. Elle avait envoyé un regard de guingois à Dani qui lui, l'avait ignorée pour franchir de nouveau la palissade en toute hâte lorsqu'il avait entendu le grincement de la bicyclette du curé Sirois sur le chemin.

J'étais montée à ma chambre pendant que le

prêtre au salon acceptait volontiers un carré à l'avoine et une tasse de thé. Devant ma fenêtre, je m'étais ruée pour m'écraser sur ma chaise au pupitre où je faisais mes devoirs l'hiver. Je voulais voir Dani s'éloigner. À l'aide de jumelles, je l'avais vu reprendre la scie à chaîne à l'orée du verger. Il avait commencé par enlever son chandail et s'en servir pour s'essuyer le dos. Sa musculature me dérangeait vraiment. Puis il s'était soulagé sur un tronc d'arbre... en me tournant le dos, quelle guigne! Je repensais à l'instant d'avant, au garage, quand il m'avait acculée au mur, qu'il avait frôlé mes seins de son torse... Quel tourment!

Devant ma fenêtre, j'avais dû me mordre les lèvres, fermer les yeux. Rien qu'à l'imaginer me caresser la joue en soufflant «Je ne peux pas vivre sans toi, Caïd», me faisait étouffer un cri.

Troublée du contact avec Dani, j'avais été m'étendre sur mon lit recouvert d'une courtepointe multicolore. Les poupées affalées sur les étagères, l'ourson mal assis dans un coin, avaient vu l'adolescente que j'étais enlacer son oreiller en s'imaginant enlacer Dani. J'avais fini par coincer le coussin entre mes cuisses, moussant mes impulsions sexuelles de fantasmes où je me voyais dans les bras de Dani sous les ramures du verger. Onanisme passionné où je bâillonnais des cris de joie, les enterrant sous mon souffle pantelant.

Bang! La porte s'était ouverte et le déplacement d'air provoqué avait suffi à me refroidir, moi, la licencieuse pécheresse.

«De quoi t'as l'air? avait explosé ma mère

scandalisée. T'as l'air bien intelligente, là! Puis avec monsieur le curé en bas!»

Je ne me souviens d'aucune autre fois où ma mère a fait preuve de sévérité envers moi. Mais ce jour-là, elle était furieuse comme... un coup de vent, comme un store qu'on laisse glisser entre ses mains et qui s'abat. Elle était non seulement scandalisée mais aussi indignée, honteuse. Elle m'avait attrapée par la porte de grange pour me traîner au rez-de-chaussée en m'avertissant:

«J'étais venue te chercher pour descendre voir le curé, eh bien, tu vas le voir, le curé! Dans le blanc des yeux! Tu vas avoir tellement honte que tu vas te passer le goût de te frotter sur les oreillers!»

Je l'avais suppliée, lui avais promis de ne plus jamais m'y remettre... Ce sont ces supplications éplorées que le prêtre avait encaissées au salon quand ma mère m'avait fait me tenir devant lui.

«Qu'est-ce qu'il y a? avait demandé le grand homme maigre.

— Vas-y! ordonnait ma mère cruelle en me bousculant du coude. Vas-y! Dis-lui au curé qu'est-ce que je t'ai surprise à faire dans ta chambre.»

Je ne savais pas plus pleurer dans ce temps-là que maintenant, mais j'y avais mis tous les efforts. Mon visage était cramoisi et la bave me pendait en fil entre les dents. Mon larmoiement était un numéro de comédie que j'avais achevé en déployant les bras, incapable de parler, trop pâmée. De toute façon, je ne connaissais pas de mot pour décrire ce que j'avais fait. Un début de phrase s'était noyé dans mes pleurs artificiels, alors qu'un long moment j'étais demeurée les mains soulevées dans une position suppliante. Tout mon corps s'agitait sans qu'un mot ne soit prononcé.

Ma mère avait eu pitié de mon chagrin. Elle avait fini par dire, sans sortir pourtant de sa raideur offusquée:

«Bon! Je pense que t'es assez punie comme ça... Monte à ta chambre jusqu'au souper.»

Mais j'avais à peine amorcé une marche penaude vers le vestibule que ma mère avait fait volte-face pour se reprendre:

«Heu... Non! À bien y penser, laisse donc faire ta chambre. Va dehors plutôt. Tu pourras mieux y épuiser tes surplus d'énergie.»

J'avoue que pour une semaine, pas plus cependant, j'ai cessé de rêver à la chambre où Dani dormait et au lit qui recevait son corps épuisé tous les soirs. Mais les choses se sont bien emboîtées puisqu'en fin de compte, le manque d'attention de ma part à l'égard de Dani cette semaine-là l'avait rendu plus sensible à mes présences par la suite, même si on était encore loin de l'amour. Non, finalement, c'est au milieu de l'été que tout a basculé pour moi et Dani. Une fin de journée où le soleil déclinait lentement à l'ouest. Marc m'avait fait passer à Jani le message qu'il l'attendrait à dix-neuf heures au bout du verger. Personne n'aurait pu croire que prendre un bain pouvait devenir un exercice aussi périlleux, mais c'est qu'une canicule importante sévissait cette année-là et que la citerne de monsieur Delisle était presque à sec. Il avait averti sa fille que toute cette eau devait servir à arroser les jeunes pommiers et qu'elle devait aller se saucer dans le lac si elle voulait se laver. Le pire, c'est que pour une fois, Jani ne tentait même pas de désobéir. Elle avait simplement oublié. Elle fit couler son bain tandis que son père était à la remise. La remise, justement là où se trouvait la pompe à eau qui drainait le jus du réservoir pour le pousser à la maison. La pompe inactive s'était bien sûr mise à rouler et à ronfler pour alerter l'homme bouillant.

Jani n'avait même pas eu le temps de se revêtir que son père entrait dans la salle de bain dans tous ses états. Moi et Dani l'avions retrouvée sous un pommier, couverte d'ecchymoses. Elle pleurait. Je ne l'avais jamais vu pleurer. Je n'aurais pas su quoi faire, sauf qu'elle avait enfoui sa tête dans le creux de mon épaule. Tous trois, toute la nuit, étions restés sous cet arbre. Je la consolais et Dani, lui, enragé, promettait de tuer monsieur Delisle. Moi et lui avions promis que plus rien ne lui arriverait. Nous avons tenu parole. Tout l'été durant nous sommes restés ensemble, rivés, soudés. L'un dans l'autre, nous trouvions le courage, la force. Rien ne pouvait plus nous atteindre. Je me souviens encore des dimanches après-midi où il fallait trouver à passer le temps. Il nous arrivait d'aller faire endêver le jeune taureau nerveux d'un fermier voisin pour que la bête nous prenne en chasse dans l'enclos. Alors commençaient les courses folles vers la clôture avant que l'animal ne nous rattrape et ne nous encorne.

Encore, pour nous distraire, il nous est aussi

arrivé de nous adonner à un jeu dément sur l'autoroute, qui consistait à lancer sur l'asphalte une massette, d'attendre aussi longtemps que possible pour bondir, aller la récupérer et revenir sans perdre une plume, à notre point de départ. Les autos qui filaient à cent vingt à l'heure nous frôlaient les talons, klaxonnaient, mais ne ralentissaient jamais.

Moi je n'avais aucun talent pour ces jeux suicidaires. Jani et Dani se payaient ma gueule parce que j'avais la trouille et n'osais jamais pousser l'audace aussi loin qu'eux. Ils m'inquiétaient souvent ces deux casse-cou.

Entre temps, entre Dani et moi, l'amour avait décollé. Il m'avait avoué avoir ressenti sa première émotion à mon égard sous le pommier, le soir où Jani avait pleuré. Moi je l'aimais depuis toujours, je pense, même avant de l'avoir rencontré. C'est sous ce même pommier que nous nous sommes embrassés pour la première fois et que nous avons fait l'amour pour la première fois. Enfin, que nous avons tenté la chose, car ça n'a pas fonctionné. La première fois que j'ai fait l'amour, l'homme avec qui j'étais n'a pas été capable de performer. Heureusement, nous avons réussi à en rire. Finalement, nous avons dormi dans les bras l'un de l'autre et je n'ai jamais rien connu d'aussi doux après de toute ma vie.

Onze heures trente... Mais il va où le temps comme ça, cet excité incapable de rester en place? J'étais bien comme ça dans mes réminiscences. Pourquoi il est venu me gâcher mon plaisir, frapper à ma porte pour me réveiller, m'avertir que quelqu'un d'autre veut le lit où j'ai dormi? C'est trop cruel tout ça, tous ces souvenirs. Si seulement je pouvais retourner en arrière, une seule fois, à cet été, à l'été de l'amitié et de l'amour. C'est si loin déjà. Je me demande parfois si je n'ai pas tout inventé pour combler ma vie vide.

J'ai levé la tête et j'ai vu l'édifice moche de la SAB. J'ai éprouvé un tel dépit devant ce bloc brun qui se dresse sur le lieu de mon enfance, piétine mes souvenirs, me vole tout ce qu'il me restait de beau. Cet édifice me viole, me moleste, pose ses mains sales sur mes seins. Je le déteste. Je veux le tuer.

À Bury, des agents de sécurité, ça n'existe pas. Les gens croient encore qu'en laissant une porte ouverte à un cambrioleur, il sera suffisamment accablé de remords pour s'en retourner penaud. Je n'ai donc pas de peine à grimper la clôture et à sauter dans le chantier. Je file pliée en deux jusqu'à un tracteur... Je veux le tuer cet édifice. Je veux le voir souffrir, demander ma clémence.

Un bidon de carburant, un papier, quelques bouts de bois. Je sais que ces bâtiments de béton ne brûlent pas facilement, mais j'ai défoncé une vitre et excité le brasier avant de fuir, revenir à ma voiture et démarrer. Chrétien m'aurait sûrement intronisée dans sa bande de voyous. Je n'ai même aucun problème de conscience après mon acte. Je suis presque enorgueillie de mon initiative.

Plus loin, à l'abri, sur une route de campagne qui coupe une forêt, je m'arrête. Je tends l'oreille.

Pas un bruit. Mon Dieu! Minuit! Est-ce possible? Minuit... ma vie devient un long silence qui s'égraine avec régularité. Minuit. Déjà demain.

J'entends une sirène. Les bottes de caoutchouc accourent au feu. Le bruit s'efface. Plus rien pour un moment. Dans cette quiétude, étrangement, je pense à Millette. J'ai rencontré Millette pour la première fois à la taverne de la rue Principale. J'y étais à prendre un coup un soir de désarroi. J'étais sans emploi depuis un mois et j'en devenais folle.

Je me serais saoulée à en oublier comment revenir chez moi, ce soir-là, sauf que je n'ai jamais eu le front de pousser l'ivresse à cette limite. Je déteste tellement ne pas avoir le contrôle que je n'ai jamais bu plus que six bières d'un coup.

Millette, grand bonhomme au front saillant, aux cheveux ras sur le crâne (pour ce qui lui en reste), aux yeux profondément bleus, qui paraissait toujours entre deux rendez-vous et était toujours vêtu de jeans, pantalon et veston, s'est approché du bar où j'en avais plein les bras à ne pas chuter en bas du tabouret. Il s'est présenté... Claude Millette. Comme toujours quand un homme m'aborde pour la première fois, j'ai été rêche, croyant qu'il s'agissait d'un mendiant de sexe venu quêter ma peau. Il a su m'apprivoiser. Il savait qui j'étais. Il savait que j'avais perdu mon emploi à l'*Encrier*.

Pour ne plus avoir à nous époumoner au-dessus de la clameur du groupe country qui beuglait ses complaintes, il m'a convaincue de le suivre au stationnement. Beau parleur ce Millette. Je crois qu'il réussirait même à persuader Jésus de se convertir au bouddhisme. Moi je voudrais ne pas avoir choisi ce moment pour connaître la première faiblesse morale de mon existence.

C'était une nuit de juillet, fébrile, sans malice. Il y avait dans l'air une odeur de barbe à papa. Au stationnement, je suis montée dans sa voiture. Sur le pare-brise, une fille nue en néon s'étendait en une pose aguichante, puis disparaissait, revenait... Il m'a offert une cigarette. Je ne fume pas. Je n'ai même jamais ressenti la tentation du tabac. Millette lui s'en est flambé une.

«Je suis en charge de la campagne électorale à la mairie du candidat Boivert.»

J'ai levé le menton, j'avais déjà tout compris. Cette campagne à la mairie impliquait Boivert et Grignon. La troisième candidate, Flora Gadouas, on n'en parle pas. Sa campagne d'extrême gauche avait pour principal objectif de faire de Bury une zone sinistrée en ouvrant la digue de la rivière pour provoquer une inondation et ainsi, avec l'aide gouvernementale, se servir de l'argent d'une subvention éventuelle pour bâtir le complexe sportif tant promis depuis quinze ans.

«Tout le monde met Grignon à la mairie sans opposition, avait continué l'homme d'une quarantaine d'années. Seulement, moi, je sais que Grignon est un opportuniste qui a la chance d'avoir le pognon de son bord. Mais nous autres, tu vois, on sait que le vrai homme du peuple c'est Boivert. C'est lui qui va donner une source d'emplois à Bury pour que nos jeunes arrêtent de partir dès leur sevrage. C'est lui qui va faire le ménage au conseil municipal. C'est lui dont Bury a besoin. Seulement, tu sais comme moi que Boivert est laid et s'exprime comme un homme de caverne, qu'il a une verrue sur le nez et que personne votera pour lui à cause de ça.

— Faudrait pas prendre le monde pour des caves, Millette.»

Je disais ça, je disais ça, mais au fond...

«Le cave, c'est Grignon, acheva-t-il. Puis nous, de notre côté, on aurait besoin dans notre équipe de quelqu'un comme toi qui a fréquenté le milieu de Grignon...»

Et patati, et patata... Je crois qu'il avait dû entendre ça à la télé américaine dans un roman-savon et qu'il ne faisait que déverser les mêmes boniments sur moi. Point final: Je connaissais Grignon au point de pouvoir dire le nombre de poils qu'il avait dans le nez et je risquais fort de savoir sur lui des choses... compromettantes.

«Qu'est-ce que tu veux savoir? lui avais-je répondu du ton le plus hargneux de mon registre. Si Grignon se torche avec du papier comme tout le monde, s'il se décrotte le nez comme tout le monde? S'il a quelque déviation sexuelle? Grignon, je m'en fous, tu comprends ça? Je me fous de Bury, de son usine vacante, de son taux de chômage exorbitant. Je m'en fous parce que Bury, avant longtemps, ce sera un point noir derrière moi, puis toutes ses disputes de clôture avec. Arrangez-vous avec votre campagne de broche à foin, moi je m'en saint crisse de câlisse de tabarnaque!»

Je n'avais jamais blasphémé avant. Ça m'a fait plus de bien que de me gargariser à l'aspirine et au sel quand j'ai mal à la gorge. Millette m'a retenu le bras quand j'ai voulu partir. Son pouvoir était plus grand que je me l'imaginais.

«Et si tu savais que t'as été congédiée seulement que pour faire de la place à l'*Encrier* pour la fille d'un commanditaire électoral de Grignon?»

J'ai haussé les épaules.

«Je dirais... tant mieux! C'est l'élan que ça me prenait pour décrisser.»

Il m'a de nouveau empêchée de partir.

«Même si tu savais que c'est après les heures de bureau, sur l'ordinateur, que Grignon a lui-même entré au clavier le nom du jeune délinquant...»

Je ne l'ai pas cru. Je le lui ai laissé savoir par ma physionomie. Il fabulait. Je vois mal Grignon dans son habit trois pièces, le ventre entre les cuisses, devant un ordinateur en train de pianoter à deux doigts sur le clavier en cognant ses bagues vingt-quatre carats, tout ça pour se débarrasser d'une petite employée dont il aurait pu disposer du revers de la main. Cette image m'a fait pouffer au visage de Millette.

«Tu ne me crois pas, hein?»

La voiture était sporadiquement illuminée de flashes et cela donnait davantage un air de fiction à notre rencontre. Ou bien nous avions l'air de deux amants qui se rencontrent en cachette, ou bien de deux acteurs qui jouent pour le cinéma. Mais il insistait sur la véracité de ses dires. Et pourquoi Grignon se serait-il donné tout ce mal?

«Grignon, ma petite, est un brasseux de merde comme personne se l'imagine. Tu l'as peut-être jamais su, mais il y avait un groupe d'investisseurs publics qui s'était décroché de l'emprise de Grignon et qui avait décidé de faire élire leur propre candidat pour mieux servir leurs intérêts. Devine qui ils avaient à l'œil.»

Il m'a pointée du menton. J'ai ri à nouveau. Au moins, il me faisait rire. Une crocherie politique à Bury! Tss...

«Crois-moi Caïd. Cette rumeur a effrayé Grignon. Tu avais bonne image dans la communauté. C'est à la mode d'être une femme par les temps qui courent, surtout dans un domaine d'homme. Tu t'impliquais dans la communauté. Tu occupais un poste bien en vue. Bien sûr, le petit hic, c'est qu'une belle femme de vingt-neuf ans soit encore célibataire. Ça fait jaser.»

Il a souri. Il avait un très beau sourire. En fait, malgré sa calvitie avancée, ses yeux bleus un peu trop creux dans leurs orbites, il était bel homme... pas mon genre, mais bel homme. Moi, je n'ai pas souri, lui ai envoyé un regard de feu. Il n'a plus souri, s'est retourné, sûrement pour regarder au ciel en se disant que les rumeurs étaient fondées.

«Comment je pourrais croire que Grignon aurait pipé le journal pour se débarrasser de moi? C'est ridicule à l'os...

— Mais c'est vrai! Grignon te craignait beaucoup. En devenant chômeuse, tu perdais ton prestige. Cette erreur supposée dans la rubrique criminelle minait ta crédibilité. Et en se débarrassant de toi, l'argent de la plupart des investisseurs lui est revenu.

— Qu'est-ce qui aurait pu faire croire à ces gros bonnets que j'allais accepter d'être leur pantin à l'hôtel de ville?

— Dans le milieu, on parlait de Caïd Castilloux comme d'une arriviste, intéressée davantage à l'avancement de sa carrière qu'à n'importe quoi d'autre. La candidate vorace rêvée par ceux qui cherchent leur profit.»

Je n'aurais pas dû, mais j'ai fini par le croire. Puis, comme tous les matins dans ma boîte aux lettres continuaient de s'empiler les «nous regrettons de vous informer qu'il n'y a pas de poste disponible», que j'en avais soupé de me noircir le bout des doigts à descendre les annonces classées, que je commençais à perdre mon sang-froid, à me demander s'il y avait une place quelque part pour Caïd Castilloux, j'ai revu Millette deux semaines plus tard. Il m'avait laissé sa carte en griffonnant judicieusement dessus les mots: «gros sous». Je ne suis pas avare, mais l'insécurité commençait à faire de moi la goutte de pluie qui tremblote sous la corniche.

Je ne voulais pas avoir l'air de courir après Millette. Je n'ai pas communiqué avec lui tout de suite, mais je suis retournée à la taverne. Le premier soir, je ne l'y ai pas vu. La fois suivante, le mot avait dû se propager que j'avais demandé Millette, car j'ai revu mon organisateur politique en jeans au même endroit. Toujours entre l'arbre et l'écorce, toujours à préparer un coup d'état, ce Millette.

«T'as changé d'idée? m'avait-il demandé quand nous sommes allés battre le pavé de la rue Principale.

— Je suis curieuse, c'est tout. Déformation professionnelle je suppose.

— Au juste, ce qu'on cherche, c'est à ouvrir les yeux de la population sur Grignon. On veut pas d'une campagne de salissage. On veut des faits solides pour montrer que le seul responsable de la fermeture des pâtes et papier, c'est Grignon.

— Pourquoi Grignon aurait fait fermer l'usine de pâtes? Et puis comment on prouverait ça? En consultant les archives municipales?

— En faisant parler McLeod, le propriétaire des pâtes. Grignon lui a tellement fait de tort financier en le forçant à ramener l'usine à des normes d'environnement et en tournant les employés contre lui dans son journal, que McLeod a perdu une fortune. Pour se renflouer, McLeod a dû vendre ses parts dans la SAB... Devine qui a racheté toutes ces parts, est devenu actionnaire majoritaire de la boîte de puces électroniques? Grignon...

— Quelle crasse... Les rumeurs voulant qu'il ait fait diagnostiquer sa mère comme folle pour ravoir ses parts du centre d'achat étaient peut-être fondées?»

Je n'étais pas sérieuse. Millette, lui pourtant, s'est illuminé.

«Oui, c'est ça! C'est ce genre d'information qu'il nous faut! Oh! Caïd! On a vraiment besoin de toi. Joins-toi à moi, tu ne le regretteras pas!»

Je l'ai regardé de biais. Dire que c'était moi qu'on traitait d'arriviste. Il se frottait les mains, emballé du projet qu'il caressait pour moi.

«Il faut rendre ces choses publiques. Comme *l'Encrier* appartient à Grignon, que la station de radio ne joue que de la musique d'ascenseur, il faudrait partir notre propre journal. Ça s'est déjà fait avant...

— T'es sûr que tu veux pas que j'aille faire la femme-sandwich sur la rue Principale avec des slogans politiques pendus après moi, genre... *Grignon est un con, Boivert, il est moins pervers?*»

Millette ne s'est pas occupé de mon sarcasme. Il ne démordait pas avec son histoire d'hebdo concurrent de *l'Encrier*. Il cherchait déjà un nom pour son journal... *La Vérité*, *le Miroir*, *le Bulletin paroissial* peut-être? Ou le *Fan Club*?... Je me payais sa gueule. À vrai dire, l'idée me tentait beaucoup, mais en contrepoids, la perspective de rester coincée toute ma vie à Bury me traumatisait. Et puis je me suis laissée convaincre. Millette a dû me trouver bien naïve de gober sa foutaise. Ainsi est né le *Clip* de Bury, hebdomadaire commandité par des vendeurs de foin et de purin dont le quartier général était le garage de Millette.

Un vrai pèlerinage en terre sacrée que ma dernière nuit. J'ai laissé ma voiture là-bas, près de la barrière, pour lever le nez sur l'interdiction de fouler cette propriété privée. À travers champ, les pieds et les jambes mouillés par la rosée de cette récolte d'orge, je marche sans bruit vers un bâtiment sombre sous la clarté argentée de la lune. La grange de monsieur Cholette, haute et grise, au comble français arrondi devant et incliné en pente douce derrière, est centenaire. Et il y a treize ans, toute la jeunesse de Bury s'en servait comme lieu de rencontre intime. Même les vagabonds sans abri, les gueux errants, y élisaient leur gîte pour une nuit dans la paille chaude du fenil. On s'y sentait presque comme dans le ventre de sa mère.

À dix ans, un soir brumeux d'automne, Jani m'avait fait croire qu'elle voulait m'amener ici pour me montrer quelque chose. Elle a attendu que nous y soyons pour m'avouer qu'elle faisait une fugue et qu'elle voulait que je l'accompagne. Comme je le fais ce soir, nous nous étions introduites par une planche manquante. Je n'ai jamais eu si peur de ma vie. Dans la meule de paille, nous nous étions installées. Je roulais les yeux sur le squelette de la bâtisse. Le faîte élevé, les pigeons qui roucoulaient sans vigueur, une tôle à demi déclouée qui cognait sur la toiture, les murs ébranlés qui grinçaient... J'avais pourtant cru qu'après une nuit dans cette grange fantôme, plus rien n'allait pouvoir me faire peur après.

Subitement, un bruit de moteur avait brisé la tranquillité. Par une fissure, Jani avait reconnu le véhicule de son père à travers le brouillard. L'engin voguait dans les rudes cahots dont était semée la cour du bâtiment. La lumière des phares s'intensifiait, rebondissait, s'infiltrait par les fentes entre les planches pour nous porter, moi et Jani, complètement à nu. Ce bruit de moteur était impossible à méprendre entre tous.

Jani ne s'est pas demandée pourquoi son père se pointait à la grange de Cholette. En écartant une planche derrière qui ne tenait plus qu'à un clou, nous nous étions défilées. Sous les arbrisseaux le long de la clôture du pâturage, nous nous étions camouflées en observant. La Chevrolet de monsieur Delisle avait été conduite si proche de l'étable que celle-ci s'illuminait de l'intérieur comme un fanal. Le bruit du moteur n'avait pas cessé. La silhouette trapue du père de Jani s'était découpée au coin de la grange. Les mains sur les hanches, les jambes écartées, il fouillait le noir de ses yeux pour repérer sa fille errante. Puis il avait tourné les talons pour s'en retourner, ce qui nous avait permis de revenir nous cacher dans la paille.

Le lendemain, très tôt, Jani m'avait secouée. Je crois bien que j'avais réussi à dormir. Les paupières lourdes, je l'avais suivie sur la route, jusqu'au grand chemin. Après dix minutes d'auto-stop infructueux, nous avions fini par être racolées par madame Viger qui se rendait à Bury, à la caisse populaire où elle travaillait. Madame Viger, curieuse et bavarde créature qui conduisait son auto comme un bateau, préférant se tordre le cou à regarder son interlocuteur au-dessus de son épaule que de s'aligner entre les pointillés du macadam. Madame Viger avait voulu savoir ce que faisaient deux fillettes sur le grand chemin à l'aube. Jani mentait si bien. Elle allait faire une commission pour son père en ville.

Sans plus questionner, la dame nous avait déposées comme demandé devant la taverne où l'autobus faisait escale. Mais nous n'avions pas encore acheté de billet que nos parents s'y amenaient, les miens soulagés, le père de mon amie menaçant.

Jani n'a jamais voulu me dire comment les choses s'étaient déroulées au retour, mais je peux le deviner.

Ce soir encore, la grange déserte est silencieuse, énigmatique, drapée de mystère. Je m'y sens comme dans un temple, un sanctuaire sacré. Je crois bien que ma présence ici a un but plus que sentimental. C'est plus que la nostalgie qui m'y a ramenée. C'est un désir d'y récupérer la monnaie de ma pièce. Cette grange m'a pris quelque chose. J'espérais candidement qu'elle me rendrait ce soir, cracherait de son ventre, l'âme de Dani qu'elle m'a volée...

Je me souviens de ce beau dimanche. Le dernier dimanche de l'été 1981. De la ville, descendus dans une traînée cendrée de poussière, une douzaine de curieux entassés dans deux voitures, dont celle de Tourangeau, s'étaient amenés à la grange de Cholette. Tourangeau, c'était l'ami de Dani. Une drôle d'amitié, vraiment, qui ressemblait plus à une compétition. La veille, quand Dani et moi étions allés rejoindre nos amis à la ville, lui et Tourangeau, qui avaient trop bu, s'étaient lancés le défi de rouler à bicyclette sur un madrier de la «grange du comble», comme on la nommait. Une fièvre avait frappé toute la ville comme une épidémie quand la rumeur du concours en avait fait le tour. Moi, je ne m'inquiétais pas. Je savais Dani capable de n'importe quelle folie sans se déplacer un cheveu.

Jani était arrivée en retard, car pour s'éloigner du verger, elle devait attendre la sieste rituelle de son père. Alors seulement elle pouvait piquer à travers les champs pour s'évader.

Toute l'assistance s'était rassemblée dans la tasserie du fenil. L'éclairage y entrait en bouts de baguettes. Quelqu'un ramassait le fric des paris. La prégnance, la hauteur désertique de cette bâtisse intimidaient, faisaient en sorte qu'on se sentait sans importance. Cette grange avait sûrement une âme, autrement, pourquoi s'y sentait-on si humble, comme devant un million de regards?

Sous la faible rumeur des spectateurs au sein du chapiteau, Dani avait grimpé au grenier jusqu'à la solive où quelqu'un lui passa la vieille bicyclette grinçante qui devait servir au concours. Une brève explosion d'encouragements avait été suffoquée par le battement d'ailes de Dani qui demandait le silence. La tension avait monté en fusée alors que la paix parfaite avait fini par régner. Dani avait repoussé son toupet de devant ses yeux. Il s'était statufié, une main sur le guidon, l'autre en contre-équilibre au-dessus du néant. Il en avait mis du temps à se stabiliser, à enfourcher la monture, comme s'il tentait de machiner une méthode faisable pour réussir l'exploit. En bas, on commençait à montrer de l'impatience dans l'arène.

Dani, le dos contre une cloison, passait ses bras sous un chevron en une position de crucifié, alors que des jambes il manipulait le vélo, en reculant la roue arrière jusqu'au mur et finit par lancer ses pieds devant, atterrissant sur la selle. Dès cet instant, les mains sur le guidon, plus moyen de mettre un pied sur la poutre de vingt centimètres de largeur, sinon tout était perdu. Une dizaine de mètres à franchir... La sueur lui tombait dans les yeux... la bicyclette grinçait. Ses bras se mirent à trembler à mesure que sur le madrier il évoluait. La roue avant frétillait comme un poisson sorti de l'eau.

En bas, on ne respirait plus, le cou endolori à force de lever le menton vers le haut basting. On se poussait en avant, comme pour transférer notre énergie, notre courage, notre force à l'acrobate.

Grugée par la moisissure, la poutre, au milieu, réduisait davantage l'espace de manœuvre, si bien que le bois mou se détacha en morceaux, déséquilibrant, à mi-chemin, celui là-haut qui avait eu une réaction trop vive. Le cycliste se voyant basculer, paniqua, écrasa la pédale de toutes ses forces en tenant le guidon à s'en faire blanchir les jointures. En un éclair, si bien que nul n'eut le temps de bien se rendre compte de ce qui se produisait, Dani avait franchi l'espace final. Pourtant, la vitesse incontrôlable acquise avait propulsé la roue avant contre la paroi, projetant cavalier et monture dans le vide. Exclamations d'horreur! Le vélo piqua du nez... Le public s'écarta... Le tas de ferraille vint s'assommer sur le ciment, la fourche crochie, la roue, les pédale, prises dans une rotation démente.

Là-haut, au soliveau, Dani triomphant, d'un salut de trapéziste, se rétablissait après s'être accroché à la travée. Il avait gagné. Tourangeau n'avait pas cru son ami capable d'une telle traversée. Comme de raison, Dani n'avait pu s'arrêter après une victoire. Il lança un défi à Tourangeau: le saut dans le vide... Une haute échelle au mur grimpait jusqu'au pignon au-dessus du tas de paille. Celui qui sauterait du plus haut échelon gagnerait.

La lutte fut longue. Le tas de paille foulait un peu plus à chaque chute de Dani et Tourangeau. Puis finalement, à une trentaine d'échelons, Tourangeau abdiqua. Encouragé par la foule, Dani grimpa jusqu'au sommet de l'échelle, sous le pignon. Il hésita longtemps. Le courage lui manquait. Je crois qu'il n'aurait pas eu l'audace de se jeter dans le vide n'eut été d'une ruse de Jani. Elle était revenue au fenil en s'écriant: «Le bonhomme s'en vient!» C'est comme ça qu'elle appelait son père. Dani qui craignait fort monsieur Delisle, qui n'aurait pas souhaité se faire prendre par lui à négliger son travail au verger, sauta alors sans réfléchir dans la paille. Jani avait menti...

La journée avait été si merveilleuse... Jamais je n'avais vu venir la suite. Dani et moi nous étions retrouvés seuls à l'étable quand tout le monde s'en était retourné. Je ne m'attendais vraiment pas à ce qu'il rompe avec moi. Il partait pour l'école de médecine... Toute la foutaise coutumière.

Étrangement, je n'ai pas eu de réaction vive. Lui-même fut surpris de mon calme. Je crois que quelque part, j'étais persuadée qu'il reviendrait à moi. Peut-être aussi que le seul fait d'avoir connu quelqu'un comme Dani, de savoir que quelqu'un comme Dani, capable de m'aimer, puisse exister sur la planète, me suffisait. Souvent j'ai repensé à ce dimanche, à ce fenil, et je me suis demandée si je n'aurais pas dû agir autrement, me pendre à son cou, le torturer au moins un peu moralement, mais c'était Soupir qui me gouvernait ce jour-là. Je n'ai jamais revu Dani. Je crois qu'il est médecin, maintenant, pour l'armée en Bosnie-Herzégovine.

Qu'est-ce que j'avais à gagner à revenir ici? Je n'en ai que le cœur plus fragile. Les souvenirs n'ont jamais bon goût très longtemps. Le passé est trop dur à revivre. Ici, je revois trop de choses cruelles. Je revois deux fillettes jouer au soleil. Par les routes à vaches qui égratignent les prés, les pans de côtes, l'orée des bois, les fillettes s'enfoncent dans le pays du passé. Parce que le moment est trop solennel, que le paysage ressemble à une peinture de musée, parce qu'il fait chaud, que le bruit de cisaille des cigales assourdit, elles n'échangeront aucune impression. Une absurde grandiloquence ne ferait que ruiner la magie de cette promenade. Il y a dans le tableau du dimanche lumineux d'un souvenir, une ambiance poignante que je ne saurais décrire. C'est le bref moment de liberté d'un esclave qui s'évade et se fait rattraper au crépuscule. C'est comme un rêve étouffant de nostalgie où est donnée une dernière chance de revivre le plus beau moment de sa vie. Un rêve duquel on se réveille en pleurant, tant ému de cette jeunesse qui ne reviendra plus. Un rêve qui vous laisse ébranlé pour des semaines à venir, jusqu'à vouloir tout foutre en l'air et recommencer à la case départ. Un rêve qui vous fait fermer les yeux tous les soirs dans l'espoir de revivre ce même songe, de retourner une dernière fois encore à la contrée que vous aviez cru perdue à jamais, d'y humer les fleurs du passé, de pleurer sur la colline du premier bonheur, de regarder ses larmes irisées par le soleil perler lentement, lentement des ravins de vos anciens amours jusqu'à faire déborder le ruisseau suintant du présent. C'est trop cruel. Il n'y a plus rien ici pour moi. Plus de prés frissonnants, plus de cette éternité verte des bois parfumés où dans la sauvagerie de la faune, les fillettes avaient trouvé compréhension, complicité dans leurs moments d'insécurité. Il n'y a plus de Jani, plus de Dani... Plus de Caïd.

Je suis revenue à ma voiture pour m'éloigner de cet endroit qui ne voulait pas de moi. Je reprends la route. Dans le sommeil agité de quel dormeur suis-je donc coincée? Ma vie est comme un songe étrange où dans une nuit d'un noir d'encre je patauge. Une nuit comme un seul même long trait de plume. Je roule sans jamais voir de lumière briller sur la route. Tout ce noir gluant, enveloppant, sans limite, sans fond, sans fin, sans teinte... Pas de début, pas de commencement, qu'infinies nébulosités. Minuit trente. Tout est fuligineux.

Je n'allais nulle part, vraiment. Je me suis seulement laissée sucer par le chemin. C'est lui qui m'a aspirée à cette intersection plus passante où un chemin secondaire rejoint la grande route. Une idée démente me traverse en apercevant cette station-service sous ses réverbères éblouissants.

J'arrête la voiture dans la grande herbe près du fossé. Le chemin décrit une légère courbe jusqu'à l'arrêt. Entre moi et la station, il y a un bosquet de bouleaux blancs. À travers les arbres je peux tout observer sans être vue. Les voitures filent sur la grande route. Un client s'amène devant la pompe.

La bande de Chrétien... Tout ce dont je rêvais adolescente. C'est ma dernière chance de vivre tout ça. Je sais, c'est dégueulasse, mais je me suis toujours demandée si je serais capable de m'en tirer. Je perds la tête, je ne me contrôle plus, mais ce soir je dois m'affranchir de toutes mes peurs, accomplir tout ce que la lâcheté m'a interdit autrefois, sinon je n'aurai jamais l'âme en paix. C'est ici, à la station du grand chemin que Chrétien s'est fait pincer. Après quatre-vingt-dix-neuf vols impunis, un soir d'été, il a été abattu par un policier. C'était la fin de son règne. Je suis certaine que j'aurais fait un meilleur chef que Chrétien. Je ne me serais pas fait avoir aussi bêtement. Je vais le prouver d'ailleurs.

Dans le coffre à gant, je récupère le couteau de chasse que j'y garde depuis ce fameux soir du bal des finissants. Le soir où Jani... enfin. La Jeep avec laquelle nous avions fait la course en bas de la côte de Bury avait explosé. Le conducteur a hurlé. Il était coincé. Sa ceinture de sécurité n'a pas voulu le libérer. Personne n'a pu le sortir de là. Les flammes l'ont rejoint. Depuis ce temps, j'ai toujours ce couteau dans mon coffre.

Autour de ma tête, comme un corsaire, je noue mon foulard. Mes cheveux me cascadent sur la nuque. J'attrape mes verres fumés à la John Lennon sur le tableau de bord.

Sans un bruit je referme la portière derrière moi et j'avance sur la chaussée. Le gravier cliquette sous mes souliers. J'enjambe un fossé, rampe sous une première clôture, avance à travers le bosquet. Une autre clôture à franchir et je cours accroupie jusqu'au mur du garage contre lequel je me plaque sans bruit. J'insère le couteau sous ma ceinture, dans mon dos. Je glisse mes verres sur mon nez. Je suis tendue comme une corde de harpe. Quelle frénésie! Quelle démence délectable que de ressentir son cœur qui bat comme un tambour. Je n'ai jamais éprouvé autant de plaisir de toute ma vie.

Quand la voiture qui se désaltérait s'en est retournée péter le feu de par la contrée, j'avance innocemment jusqu'au garage où j'entre. Le préposé lève un œil vers moi de derrière la caisse où il mélange son café.

«Oui!» fait-il comme s'il était persuadé qu'il ne pouvait rien faire pour moi.

Je n'ai pas très bien pris soin de me couvrir le visage. Qu'importe? Je n'ai plus rien à perdre. Mon compte est déjà fait. La caméra là-haut peut me suivre tant qu'elle veut... On ne peut pas tuer quelqu'un qui est déjà cuit.

Je fais glisser mon couteau et d'un grand geste qui force le caissier à reculer, lui frôle la gorge.

«Le *cash*, vite!

— Mais j'ai rien là-dedans! Va donc voler les riches de la rive si tu veux voler quelqu'un!»

Mon couteau qui fend l'air le convainc. Il n'est pas tellement effrayé, je pense. Il a dû se préparer mentalement pour cette situation. Notre jeunesse a tellement de sang-froid. Je suis fière de lui. Il obtempère, mais avec calme, sans même que tremblent ses mains. Cinquante dollars, pas plus, peut-être un peu moins. Je m'en balance. J'ai l'argent en main. Quelle folie! Mais quelle fièvre euphorique. Je suis enfin celle que je rêvais d'être à mon adolescence. Je me sens forte. Je me lance hors du garage. Ça n'a pas été très difficile. Tiens Chrétien... Je n'ai plus de complexe envers toi. Souk vient de renverser Soupir. «Y'a la poussière à dépoussiérer, la crasse à décrasser.» Oui, mais il y a aussi les axes à désaxer, la fleur de l'âme à déflorer, le bon sens à censurer. Et... *Y'a des places où-où-où. Y'a pas d'tabou-ou-ou...*

Je ne m'étais pas attendue à ce que le jeune homme bondisse hors du garage, un revolver en main. J'allais atteindre la clôture quand il a fait feu. Des trois coups, je ne sais plus au juste lequel m'a atteinte à la cuisse. Je plonge dans le fossé humide, rampe sous la clôture, cours à travers le bosquet. Moi qui avais toujours voulu savoir comment c'était de recevoir une balle sous la peau. Je n'ai été qu'éraflée et ne ressens qu'une brûlure, un peu comme quand, enfant, je dérapais en vélo dans le stationnement du supermarché et que je m'écorchais les genoux et les paumes... Sauf que ce n'est pas ça du tout, tout en étant exactement ça. *La plume de mon oncle, est sur le bureau de ma tante... Bureau de ma tante...*

De retour à ma voiture, je démarre, fonce en revenant sur la route de campagne plutôt que de prendre le grand chemin. J'espère ne pas avoir trop abîmé mon auto. J'ai senti la grande herbe et les mottes de terre sous mes pieds en effectuant la manœuvre de départ.

J'avance dans la pénombre. Je me sens bien, hilare même... Dans le rétroviseur, je vois mon regard vif, fauve, bestial... Sur le siège du passager, la place du mort, mon couteau et les quelques billets de banque tout froissés. Ma jambe saigne un peu. Dans ma tête une fréquence aiguë résonne: Wîîî... sans modulation. Cet air de baryton que mon père écoutait autrefois sur un tourne-disque ne cesse de me revenir en mémoire: *La plume de mon oncle est sur le bureau de ma tante... Bureau de ma tante.* Je souris. Je crois bien que je suis infatuée. Cette plaie est ma blessure de guerre, ma vanité, ma gloire. Je me sens le droit de tout faire. Je ne peux plus m'arrêter car j'ai peur que la poussière retombe et que je me rende compte de l'horreur réelle de ma conduite. J'ai mené ma folie jusqu'à l'extrême, maintenant je dois l'assumer. J'irai jusqu'au bout. Ce soir, je rattrape toute une vie d'ennui et de désirs refoulés. *La plume de mon oncle... est sur le bureau de ma tante.*

Caïd Castilloux n'est jamais prise au dépourvu. J'étais toujours la seule, par exemple, à un pique-nique, à avoir pensé d'amener des serviettes de papier. À Noël, il n'y avait que moi qui pensais d'arrêter au dépanneur se procurer les piles AAA pour les jouets des enfants. Bien sûr que Caïd Castilloux a une trousse de premiers soins dans le coffre de sa voiture.

Je me suis arrêtée près de l'ancien quai, là où

ados, nous venions forniquer sur la banquette arrière de l'auto de nos vieux. J'y soigne mon bobo. Ma main tremble un peu. J'attache mon foulard autour de mon jean, sur ma blessure. Ma témérité me rend tout de même fate. J'ai réglé mon compte avec mon adolescence de larve.

Le tableau lumineux de ma voiture indique une heure moins le quart. Je recommence à avoir peur. Wîîî... Impossible d'arrêter le temps, j'ai essayé. Je veux tout démolir, tout défoncer. Je suis Chrétien, le chef de la bande des Sphinx qui domine et terrorise le quartier est de Bury. Le quartier est, le quartier pauvre où les rues portent des noms comme avenue du BS, boulevard de l'Assurance-chômage, promenade des Sans-emploi, allée Sans issue.

D'ici, j'ai une vue splendide de Bury. Les lumières de la ville donnent l'impression qu'on pourrait cueillir l'agglomération au creux de ses mains pour l'y conserver comme une luciole. Oui, comme les mouches à feu que Jani et moi allions chasser et conserver dans un bocal les soirs d'été. Dans le verger, il y en avait tellement que les pommiers ressemblaient à des sapins de Noël illuminés de bougies.

«*Va chier Caïd Castilloux!*

— Sais-tu qu'il en faut du papier cul pour être amie avec toi, Jani Delisle, au rythme où tu m'envoies chier!

— Oui et toi pour ton premier emploi, oublie pas sur ton curriculum vitae d'inscrire ta maîtrise en sarcasme.»

Ma dernière dispute avec Jani. La seule dont je

me souvienne. À propos de quoi cette prise de bec? Impossible de me souvenir. Je me rappelle seulement avoir éclaté de rire, tout comme Jani, pour y mettre terme.

Qu'est-ce qu'il me reste à faire d'autre que de voguer encore à travers les abysses de la nuit? Ce chemin... je n'y étais pas venue depuis si longtemps que j'avais oublié où il menait. Même quand, journaliste à Bury, je devais me rendre dans les parages, je l'évitais, quitte à faire un détour qui me faisait perdre du temps. J'avance sur ce chemin et dans ma tête, des images vives éclaboussent. Des cris de damné hérissent ma nuque. Mon âme se déchire. Ce chemin vicieux qui mène à la côte de Bury... La côte de la mort...

Je voulais faire demi-tour, incapable de maîtriser mes émotions quand quelque chose d'étrange se produit. Mon moteur a toussé, s'est étouffé avant de s'arrêter complètement. Ironie du sort... panne d'essence. C'est bien la première fois de toute ma vie que ça m'arrive. J'ai toujours cru qu'il fallait être bien abruti pour manquer d'essence en chemin. Il faut bien dévaliser une station-service pour que Jean de La Fontaine vous laisse à sec un kilomètre plus loin.

Sur l'air d'aller, lentement, silencieusement, cruellement ma voiture descend la pente. Quel sadisme! Je revois tout. Je nous entends chanter, en déformant les paroles, le thème d'une publicité de bière. Je vois nos amis dans la Jeep gesticuler pour nous faire rigoler. Le poteau qui indique la croisée de deux chemins... C'est la dernière chose que j'aie remarquée juste avant...

De mon état de transe, je viens de sortir, comme arrachée, alors que ma tête a basculé par derrière. J'ai eu un flash, une réminiscence, une image venue du subconscient où je l'avais enterrée. Le dernier tableau de cette nuit tragique, ça me revient, c'en est un où Jani se tourne pour me regarder, derrière, comme pour vérifier si je m'amuse ou si je vais bien. Elle avait un sourire, son sourire à elle qui semblait dire «c'est quand même beau, la vie». Un sourire aussi qui exprimait une promesse. «À demain», ou «À plus tard», disait ce sourire, comme si elle savait ce qui s'en venait. Je me suis penchée pour retirer mes chaussures et...

Les joues gonflées, les yeux écarquillés, je me suis saisi le visage, ai passé mes mains dans mes cheveux à me les arracher. Ma vision était si pénétrante, si claire que j'en frissonne. J'ai l'impression de ressentir Jani tout autour de moi, comme la chaleur du souffle de quelqu'un qui vous enlace. Je n'ai plus peur. Jani veille au-dessus de mon épaule. C'est comme si c'était elle qui m'avait fait venir ici, m'avait fait manquer de jus à cet endroit. Elle vient de me glisser un message, me dire qu'elle est là et monte la garde. «Tu passes fessier encore Caïd Castilloux!» me disait-elle quand je me dégonflais et refusais de faire le mur des convenances avec elle.

Mon auto continue un peu, en se traînant sur la route pour une certaine distance. Enfin, elle n'en peut plus, expire d'épuisement et tombe endormie dans le grand mil le long du chemin. La propriété la plus proche est à moins d'un kilomètre devant, j'en vois briller la lumière à travers les arbres échevelés par le vent.

La propriété est quiète quand je m'y présente. Il y a bien une lueur dans une fenêtre qui jette un peu de lumière sur la cour, mais je suis sûre que tout le monde y ronfle. Après tout, il est une heure du matin. Je n'oserai jamais aller frapper à cette porte.

La propriété est soignée. Belle maison de brique rouge, vieille mais bien entretenue, avec devant un grand porche où une chaise balançoire se laisse bercer par le vent. Une allée mène à un garage et devant une porte close, une voiture sur blocs de ciment a été presque toute démontée.

Je suis trop intimidée pour me présenter par la porte de devant. Un vieux réflexe d'enfant. Ma mère m'aurait envoyée au confessionnal pour péché de tête enflée si j'avais osé pénétrer sa demeure par l'entrée donnant devant. Il n'y avait que les invités qui bénéficiaient de cette grâce.

Derrière, je me marre un peu en voyant une poupée qui a été pendue par le cou à une branche d'arbre avec une corde à danser. La génération sous moi me fascine. Je suis sûre qu'elle va refaire ce monde et en mieux, car elle ne se laissera ébranler par aucune barrière. Ce sera la génération Souk, mais un Souk dominant qui fera retomber à sa place tout ce qui a été massacré par les incessantes saisons, par le poing brandi des générations précédentes.

J'allais faire saigner mes jointures sur la contre-porte quand j'aperçois un bidon d'essence près de la bagnole en convalescence. Ce serait tellement plus facile de m'emparer du contenant et de filer... C'est même avec cette intention que j'y accours silencieusement, me servant des ténèbres comme d'un mur derrière lequel me cacher. Merde! Il ne contient que de l'air, ce bidon.

Chrétien, qu'est-ce qu'il aurait fait, lui? Il aurait siphonné l'essence d'un réservoir, bien sûr. C'était sa spécialité. Il parcourait les chemins de campagne la nuit pour repérer les machineries agricoles laissées à elles-mêmes et en téter le sang pour le revendre. De nos jours, ça ne se fait plus avec tous les moyens qu'on a trouvés pour contrer ce procédé, mais cette voiture-là, c'est un vieux modèle des années soixante, peut-être que...

Je décroche la poupée de sa hart dans le but de me servir de la corde à danser pour aspirer l'essence, s'il y en a dans la voiture, bien sûr. Avec une pince qui traîne par terre parmi d'autres outils, je coupe le tube de plastique en ses extrémités et je l'enfonce dans le réservoir. Je siphonne. Quel goût dégueulasse! Moi qui ne sais pas cracher, j'expectore sur la pelouse pendant que la gazoline pisse au fond du bidon. Je repousse mon énorme sac à main sur mon dos pour ne pas empester le pétrole quand j'en aurai fini. Un chien se met à aboyer au loin. Pourvu qu'il n'ameute pas tout le canton.

Le tuyau a donné toute sa sève et je m'apprête à filer quand une petite voix par la moustiquaire de la porte demande à la nuit:

«Y'a quelqu'un?»

J'aurais pu ne pas me manifester, rester bien sage derrière la voiture, mais je n'ai pas eu cette réaction. Peut-être parce que cette petite voix m'a émue, je suis sortie de l'ombre pour m'avancer vers le seuil. Je cache ma cuisse blessée derrière mon sac au cas où la tache de sang se serait répandue. Une dame mal rassurée me lorgne par la fenêtre.

«Excusez-moi, mais c'est parce que j'ai manqué d'essence sur la route tout près d'ici et je me demandais si...

— Castilloux! s'exclame-t-elle en agitant ses doigts pour retrouver mon prénom. Caïd Castilloux?»

Moi aussi je la connais cette femme d'une quarantaine d'années, de belle apparence, aux cheveux courts, aux yeux alertes, qui parle toujours avec ses mains et semble toujours expliquer ce qu'elle dit plus que se confier simplement. C'est madame Jetté, ma dernière enseignante au primaire. Elle semble assez contente de revoir son ancienne élève.

«Entre Caïd, viens prendre un café ou quelque chose.

— Oh! Je pourrais pas! Il est bien trop tard, déjà une heure du matin...

— Une heure?... Mais il n'est que minuit!

— Minuit? Comment ça? Est-ce le soir pour ramener les horloges à l'heure normale? Dans ma voiture, ça disait une heure...

— Les cadrans de voiture, ç'a jamais la bonne heure. Il est minuit, le cinéma de fin de soirée commence. Allons, entre!»

J'allais refuser, mais une telle joie me possède que j'entre par la porte qu'elle vient de m'ouvrir, et je l'enlace, comme si elle était parente. Une heure... Elle vient de m'accorder, de m'acheter, de m'offrir une heure de plus, une heure de trêve. Quelle rémission divine! Je suis si heureuse de si peu que je ricane comme une écolière sans pouvoir m'arrêter. Elle me fait signe de faire moins de bruit, chuchote:

«Mon mari et ma fille dorment... Viens, viens au salon.»

Le vivoir, mignonne pièce à l'éclairage doux, aux plantes vertes, à l'ameublement moderne. Tout est de bon goût.

«Je suis surprise que vous vous soyez souvenue de moi!»

Je parle, je parle, volubile comme je ne le suis jamais d'habitude, volubile comme si je n'avais pas rencontré âme qui vive depuis dix ans pour avoir vécu seule dans une cabane au Grand Nord.

«Ah! Comment je pourrais l'oublier, la classe de soixante-dix-sept? C'était ma première classe, moi qui étais fraîchement sortie de l'université.»

Elle me fait signe de m'asseoir, j'obéis. Elle ramasse un plateau sur une table. Elle a déjà eu de la visite, ce soir. Elle continue.

«Tiens, justement, ce soir, je pensais à vous...

— Drôle de coïncidence.

— Non, pas vraiment. À chaque retour en classe, je pense à vous, en espérant ne plus jamais avoir une classe comme ça! Quelle exubérance! Y'avait cette... cette enfant agitée qui mettait le diable au corps de tout le monde... comment elle s'appelait...?»

Madame Jetté a baissé la tête. Elle vient de se rappeler de Jani. Elle est au courant pour Jani. Elle se souvient que Jani et moi étions meilleures amies.

«Jani...

— Jani Delisle, oui, termine-t-elle d'un ton plus gai pour montrer qu'elle ne veut avoir que de beaux souvenirs de la disparue. Je n'oublierai jamais le jour où je lui avais demandé de nommer les plus grandes chaînes de montagnes au monde et qu'elle avait répondu: La cordillère des Andes, les Rocheuses, l'Himalaya et...

— Les montagnes russes, je me rappelle. Toute la classe avait éclaté de rire.

— J'avoue que moi-même j'avais dû tourner le dos vers le tableau pour ne pas que vous voyiez que je riais. C'est le plus dur, quand on est enseignant, de ne pas pouffer au nez des élèves. Tu veux un café? Un thé? Une infusion?

— Si vous prenez quelque chose avec moi, j'aimerais bien un café.»

Je crois que j'ai trouvé ma grotte tiède au milieu de la nuit. Je voudrais ne plus repartir d'ici. Puis le bruit des tasses à côté et l'odeur de bon café me réchauffent.

Je suis seule au salon pour un long moment. Madame Jetté prend du temps à revenir, et j'en profite pour fouiner un peu dans une étagère de bouquins, contre un mur. Ma jambe me fait un peu mal, et je dois toujours faire attention que le sang qui tache mon pantalon ne paraisse pas derrière mon sac. C'est sans doute parce que je suis plongée dans ce souci que je tressaille au retour de madame Jetté.

«Et la fois que je vous avais gardées toutes les deux en retenue, tu t'en souviens?

— Oui... C'était juste avant Noël et vous nous aviez promis de nous laisser tout l'après-midi pour décorer la classe, sauf que le directeur avait annoncé que l'eau serait coupée toute la journée parce qu'on faisait des réparations dans les égouts de la ville.

— Alors j'avais dit à Jani de se hâter d'aller chercher un peu d'eau à la chambre de bain avant qu'on en manque, car pour faire la gouache qui servait à dessiner dans les vitres, il fallait de l'eau.

— Jani est revenue avec un petit verre d'eau. Nous avons commencé à décorer la classe. J'avais la gorge sèche et j'ai voulu me tremper les lèvres dans le verre. Elle s'est écriée: «Attention j'ai pris l'eau dans le bol de toilette!» J'ai craché l'eau par terre. Tout le monde a éclaté de rire, vous vous êtes fâchée. Il n'y a jamais eu de période pour décorer la classe et moi et Jani sommes restées en retenue.

— Et ce sale tour que vous m'avez joué jusqu'à ce que finalement, au dernier trimestre, je me réveille...

— Lequel donc?

— Quand Jani frappait sous son pupitre et que l'un des élèves disait: «Madame Jetté... Y'a quelqu'un à la porte.»

— Oui, oui! Alors vous vous rendiez à la porte pour l'ouvrir et trouver le corridor vide... Vous reveniez à votre pupitre sans rien comprendre.»

Le plateau qu'elle a déposé sur la table fume. La chaleur de la tasse réchauffe mes mains glacées. Le liquide que j'ingurgite court en moi comme une flamme brûlante. Ça fait du bien.

«Même à cette époque-là tu montrais des aptitudes pour le journalisme, commence madame Jetté fièrement comme si elle prenait sur elle tout le mérite pour ma carrière. C'est toi qui étais en charge de l'*Écolopresse*, notre journal. J'ai toujours été fière de dire à tout le monde que Caïd Castilloux était une ancienne élève à moi. Le *Clip*, le nouveau journal où tu travailles, c'est bien aussi. C'est pas *l'Encrier* bien sûr, mais c'est autre chose. C'est jeune, c'est... vidéo, c'est bien...»

Elle n'en pense rien. *L'Encrier* est sacré ici à Bury. Rien avant ou après ne sera jamais comparable aux yeux de qui que ce soit. Elle continue:

«Tu tenais ça de ton père, sûrement, le don d'écrire. Lui aussi, il avait le don de la plume.

— C'est vrai, vous avez connu mon père. Vous avez enseigné à la même époque.

— Oui... Un homme courtois, monsieur Castilloux. Il faisait peur du haut de ses six pieds, mais en le connaissant mieux, on se rendait compte qu'il n'aurait même pas pu écraser une coquerelle dans une chambre de motel. Il avait deux doigts de la main droite de coupés. J'ai jamais su comment c'était arrivé.

— Un accident sur la ferme où il avait grandi.

—Tiens, tu as ses yeux de chat... et son don pour la plume.»

Son don pour la plume... Je me souviens, une soirée glaciale d'hiver où les rafales de vent sifflaient par les fenêtres, mon père était dans son bureau. Il y faisait toujours trop chaud dans cet endroit tapissé de centaines de livres. L'éclairage y était ambre et utérin. C'est là qu'il corrigeait les devoirs de ses élèves. Ce soir-là, il m'avait mis une pile de papier sous le nez en m'annonçant:

«Tiens, ce soir, c'est toi qui corriges les copies. Moi, je commence un roman.»

J'adorais corriger les copies de ses élèves. J'y épanchais toute ma cruauté de jeune fille rejetée des groupes branchés. Si les réponses ne correspondaient pas mot pour mot aux données des notes de mon père, je griffonnais de gros zéros méchants en rouge dans les marges. Et il y avait cette autre méthode, plus amusante, la méthode de l'escalier. Je me tenais en haut des trente marches conduisant au palier de la maison parentale, lâchais les feuilles. Celles qui planaient jusqu'au pied n'obtenaient pas la note de passage, ou tout juste, et plus elles s'accrochaient à proximité du sommet, meilleur était le résultat.

«Un roman?» avais-je demandé à mon père, emballée.

J'adorais quand mon père se lançait dans ses projets utopiques. Car il en mitonnait, des chimères, mon père. Peu de fois il en a écrit le mot «fin», mais la seule étincelle qui brillait dans son regard en entamant ses plans me faisait croire que tout était à portée de la main en ce monde.

«Oui. Ça va s'intituler *Jadis, un été* et ça va parler de... tu verras quand il sera publié.»

Ce soir-là, il a gribouillé toute la nuit. Quand je m'étirais le cou au-dessus de son épaule, il claquait de la langue et me renvoyait à mes corrections.

Quelque temps plus tard, dans un de ses classeurs, j'ai retrouvé le manuscrit de *Jadis, un été*, sous clef dans son bureau avec d'autres manuscrits dont j'ignorais l'existence. Avec ça, une pile de lettres de rejet sans-cœur et sadiques de maisons d'édition.

J'ai lu ces manuscrits. Plutôt insignifiants, j'en ai bien peur. Tous tournaient autour de banals souvenirs d'enfance, tous reprenaient les mêmes idées, les mêmes clichés. Mais je n'avais pas compris, n'en avais jamais rien su, à quel point ce rêve d'écrire était une obsession pour mon père. C'était son vœu le plus cher, sa seule raison de vivre après sa famille. Tellement, qu'il s'en est enlevé la vie à force de désespoir. Personne ne sait, personne ne veut en parler... Tout le monde croit qu'il a vraiment pris ces pilules par accident, en croyant prendre de simples somnifères, mais moi je suis convaincue qu'il s'est blessé à mort au coin tranchant de son rêve brisé.

Madame Jetté a sûrement vu mes yeux tristes fixer le vide et ma bouche se courber vers le bas, car elle change de sujet, ne mentionne plus mon père. Plutôt, elle s'illumine en étirant le cou au-dessus de moi pour regarder par la fenêtre.

«Ah! Ça c'est la remorque du garage.»

Je me suis retournée pour voir un véhicule clignoter. Je deviens inquiète sans savoir pourquoi. J'ai l'impression de m'être fait jouer dans le dos.

«Quelle remorque?

— Celle que j'ai appelée tantôt en allant préparer le café. Mon fils, il travaille au garage du grand chemin ce soir. Je lui ai demandé d'envoyer une remorque à ton auto. À l'heure où on se parle, le plein doit déjà avoir été fait.»

Son fils? Le préposé du garage était le fils de madame Jetté? S'il lui a parlé du vol tantôt au téléphone? Si elle a fait le lien? Si elle avait fait la délatrice en me causant gentiment au-dessus de sa tisane à la fraise-cassis?

De mon porte-monnaie, je retire quarante dollars alors que le véhicule grogne sous la fenêtre. Je les tends à mon ancienne enseignante.

«Euh? ... Vous pourriez payer à ma place? J'ai comme un besoin urgent d'aller à la chambre de bain...»

Elle comprend mon besoin, se hâte de pointer du doigt.

«C'est la première porte à gauche en haut de l'escalier!»

Au fond, je ne sais pas pourquoi je m'esquive de la sorte. Me faire pincer maintenant ou demain, quelle différence? C'est peut-être parce que je ne veux pas perdre la face devant une personne qui m'estime encore. Deux par deux, mais sans faire de tapage, je grimpe à la salle de bain où je me barricade. La fenêtre donne sur le toit du porche.

Silencieusement, j'y saute. Merde! Madame Jetté est sortie à la galerie pour causer avec le conducteur de la remorque. Il ne me reste qu'à m'étendre sans bruit et tendre l'oreille. Je le connais ce conducteur. C'est un ancien camarade de classe. Perreault, Patrick de son prénom, grand, foncé du teint et du regard, qui commence à perdre ses cheveux. Si j'osais, je dirais que sa calvitie est un juste retour des choses. Souvenir tendre d'écolière qui me revient en mémoire depuis les heureux auspices du passé. C'est lui, Patrick un jour de sixième année, qui avait soulagé ma tignasse d'une joyeuse mèche. C'est aussi depuis ce jour que je porte les cheveux courts. À cette époque, un certain Julien Grandmaître, m'avait-on soufflé, entretenait envers moi un faible immense gardé secret à l'ombre de sa timidité. Alors, ce fanfaron de Patrick, prenant place au pupitre derrière le mien, outillé d'une paire de ciseaux, avait taillé à mes dépens une touffe de ma crête pour la vendre à mon amoureux réservé.

Tout était si simple en ce temps-là. D'un recoin de mon âme, une chanson monte, gratte à la porte, frappe à mon cœur: *Amène-moé là où ça meurt le jour. Refaire mon nid, le mien s'est détruit...*

«Comment! s'exclame madame Jetté. Il y a eu un vol à la station ce soir!

Pourquoi tu pleures quand j'te donne la main?...
Ailleurs c'est trop loin et j'y comprends rien.

— Y'a rien eu de grave, madame Jetté, se repent celui qui n'avait pas voulu inquiéter la mère.

— Dire que j'ai parlé à mon beau François et

qu'il m'a dit comme si de rien n'était que tout allait bien... Celui-là! Vous savez qui a fait le coup?

Aide-moi! Aide-moi à me retrouver!

— Oh! Une folle quelconque... Tenez! Voici la monnaie!

— Tss! Dans quel monde on vit... Merci Patrick là!

— Y'a pas de quoi, madame Jetté! Bonne nuit, là!»

Il repart. Le danger s'écarte. Je peux revenir à l'intérieur. Quand je pense à l'argent et au couteau que j'avais laissés sur le siège à la vue de tout le monde, j'ai des sueurs froides. Je me trempe le visage au lavabo, me regarde dans le miroir. Je suis affreuse. Mon rouge à lèvres s'est estompé, mon fard à joues et mon ombre à paupières aussi. Mes cheveux sont frisottés par l'humidité... je ressemble à une sorcière. Une sorcière qui manque de sommeil. Tiens, je me demande depuis quand j'ai perdu un des gros anneaux dorés qui me servent de boucles d'oreille. Autant enlever l'autre pour reposer mes lobes.

«Ça va Caïd?» s'inquiète madame Jetté en cognant à la porte.

J'ai sursauté. Je ne l'avais pas entendue venir. Je suis vraiment à bout de nerfs.

«Oui! Je descends!»

Un sourire humain. Quoi de plus touchant, de plus chaleureux? Madame Jetté me sourit, me salue sur le porche en me laissant partir. Elle a bien insisté pour m'amener en voiture à mon auto, mais je lui ai assuré que ce n'était qu'à deux pas. Alors elle sourit. Un sourire qui a la même bonne chaleur que la laine ou qu'un morceau de linge qui sort tout droit de la sécheuse. Millette possède ce même sourire rassurant. Millette... c'est à lui que je pense en revenant à ma voiture. Je crois bien que j'avais repris goût à ma carrière à l'ouverture du *Clip*. C'était facile avec Millette, si drôle, et cette folle de Geneviève, notre photographe. Je crois que leur goût de vivre m'avait conquise.

Geneviève n'était qu'une étudiante en photographie embauchée pour l'été. Tous les matins elle nous faisait rire aux larmes, moi et Millette en se présentant couverte de marques et de bleus pour avoir dérapé sur sa moto trop puissante qu'elle ne parvenait pas à contrôler. C'était devenu comique, je le jure. Elle ne savait pas prendre une pose sans couper une tête, elle épelait le mot bateau, b-a-t-o, mais ça ne faisait rien. Elle était si enthousiaste et s'élançait avec allant pour exécuter les tâches que je lui assignais, même s'il s'agissait de photographier un accident de la route à trois heures du «mat», pour reprendre une expression à elle.

Je ne sais pas par quel tour de force nous avons réussi l'exploit, mais le *Clip* a pu paraître de juin à août, sans faute, avec un contenu aussi consistant que celui de *l'Encrier*. Je le dis fièrement, car la technique à notre disposition était plutôt désuète. Nous avons été la risée de tout le canton pour ces colonnes vides dans notre premier numéro. Le

Clip va paraître demain... sans doute pour la dernière fois. Puis Millette a eu ce qu'il voulait. Boivert est maire.

Avant d'entrer dans mon auto, j'ai le réflexe de vérifier la banquette arrière. J'ai eu ma leçon, il y a quelques semaines. Tout a commencé par une fin de journée. Je rentrais chez moi après le boulot quand j'ai eu la surprise de tomber nez à nez avec mon ancien patron Grignon qui m'attendait dans les marches de mon appartement. Il était furibond. Il a vite été sur pied pour s'avancer vers moi et m'apostropher...

«Qu'est-ce que c'est que cette merde sur moi dans votre saloperie de papier à cul? Ou bien vous publiez une rétractation ou je vous colle un procès au cul pour libelle diffamatoire. Oser comparer Bury à une dictature et moi à Saddam Hussein...»

Millette, qui finissait toujours par tout savoir, m'avait soutiré les détails de cette rencontre. Il fallait que tout Bury sache de quelle race d'homme était Grignon. Il a insisté pour que j'en fasse état dans la prochaine édition.

Le soir même où le *Clip* s'est retrouvé dans les kiosques, je me suis fait mettre un couteau sous la gorge dans ma voiture en revenant du cinéma. Le prétexte de mon agresseur était le larcin de mon sac à main, mais si ça n'avait été que ça, il ne m'aurait pas traînée dehors dans le stationnement, là où personne ne pouvait nous entendre, pour m'infliger une volée de coups de pieds dans les côtes. Je n'ai rien dit à personne, surtout pas à Millette, il aurait été furieux.

Rien ne nous a empêchés de continuer nos activités, même quand un matin nos quartiers avaient été saccagés sauvagement. Le vandalisme a été revendiqué par un groupe d'environnementalistes s'opposant à ce que nous avions écrit sur la fermeture des usines de pâtes et papier. Je n'en crois rien, et vous Grignon?

J'ai rejoint le grand chemin, j'ai rejoint la frontière de l'être que je suis. Il y a tant de choses dont j'ai eu envie, mais le courage m'a manqué trop souvent et j'en suis restée frustrée. Je n'ai jamais osé sauter en bungy et ma trouille me fait damner, me fait souhaiter chaque fois que l'élastique pète pour qu'on interdise à jamais cet exercice, pour que je n'aie plus à enrager de ma couardise. Je n'ai jamais fumé de joint et j'en suis complexée depuis mon adolescence parce que j'étais la seule à ne pas savoir ce que c'était d'être gelée. Tant d'autres regrets... Je ne pourrai jamais faire partie des Jeux Olympiques, je ne jouerai jamais au cinéma, je n'ai jamais été au petit écran, je n'irai jamais dans l'espace, je ne serai jamais bonne au lit, je porte des caleçons qui me vont jusqu'aux seins parce que je ne supporte pas d'avoir le nombril à découvert. Ce n'est pas vrai qu'aux danses d'école je restais à l'écart parce que je n'aimais pas danser, mais bien parce que je ne m'y trouvais pas assez de talent et que je préférais rester dans l'ombre, même si au fond je brûlais d'envie de me joindre aux autres sur la piste. Une bien petite vie que la mienne. La mienne, comme tant d'autres. Voilà où ça bloque. Je suis comme tout le monde, rien de mieux. Il n'y a que dans les bras de Dani que j'aurais accepté d'être comme tout le monde.

Tout ce que j'ai méprisé dans ma vie, aujourd'hui je comprends. Je comprends toute la grandeur et la force qu'il faut pour accepter de n'être que petit. Il faut être grand pour être aussi petit mais quand même continuer à se battre contre les géants. Moi, je suis une petite qui s'est crue grande. J'aurais pu accepter d'être petite avec Dani, oui. Tss... Il n'y a que moi pour aimer ainsi à la démesure, tout croche et si longtemps.

La route est sombre. Mon tableau de bord illuminé me donne un peu l'impression d'être le pilote d'un avion kamikaze dont l'appareil est en feu et qui n'a nulle part où se poser. Il ne me reste qu'à piquer sur l'ennemi pour la gloire de mon peuple.

À mesure que la nuit avance, plus insignifiantes apparaissent ces histoires que je me raconte dans ma tête en guise de dérivatif. Je ne suis ni kamikaze, ni Chrétien. Je ne suis qu'une pauvre sotte. Une fille finie. Il n'y en a plus d'exutoire.

Drôle de nuit, vraiment. Après m'avoir mise devant toutes mes vérités, voilà qu'elle me met maintenant devant le choix de me venger ou pas. Drôle d'impulsion qui m'a fait m'arrêter pour laisser monter ce jeune homme qui faisait de l'autostop sur le grand chemin. C'est peut-être parce que ce soir je me sens une affinité avec toutes les âmes errantes de ce monde. C'est peut-être parce qu'il y a un destin plus grand que ce que je peux m'imaginer qui est à s'accomplir.

Je me suis rangée sur l'accotement. Pendant que dans le rétroviseur j'ai vu le jeune homme, muni d'un sac à dos, accourir à l'auto, j'ai mis, au cas où, le couteau qui traînait toujours sur le siège, entre moi et la portière et j'ai enfoui les billets de banque dans la poche de mon veston qui couvre ma jambe.

Le jeune homme, qui ne doit guère avoir plus que seize ans, grimpe et s'installe comme s'il était tout naturel que je le conduise là où il désire, comme si je lui devais ce service. Il n'a pas l'air d'avoir envie de rire. Renfrogné, rembruni, il m'informe qu'il ira aussi loin que mon trajet me gardera sur le grand chemin. Il est en fugue, j'en mettrais ma main au feu.

Je n'ai pas coutume de faire la conversation avec des gens que je ne connais pas, surtout quand je sens qu'ils veulent la paix, mais quelque chose me pousse à questionner:

«Tu vas loin?

— Travailles-tu pour la police?

— Non, mais je pourrais peut-être te déposer là où il te plaît. J'ai rien à faire...

— Je le sais pas où je vais. Je vais là où la vie m'amènera. T'as quelque chose contre ça?»

Son agressivité n'est que verbale. Son agressivité semble braquée sur lui-même. Il se hait, je pense. L'innocuité de sa hargne transperce. Il a davantage envie de pleurer que de frapper.

«Non, j'ai rien contre ça. Moi je m'appelle Caïd...

— Moi c'est Chaloux.

— Chaloux?»

Je me suis assez violemment tournée vers lui. Chaloux... Combien de garçons peuvent bien porter ce surnom à Bury? Chaloux, comme dans Steve «Chaloux» Chalifoux... «Chaloux» Chalifoux, quinze ans, comparaîtra en cour juvénile pour le vandalisme de la Bijouterie Diamant... Ça ne se peut pas. C'est trop gros comme coïncidence, c'est impossible. *La plume de mon oncle est sur le bureau de ma tante... Bureau de ma tante.*

«Quoi? fait-il mordant. C'est pas plus con que «Caïd» comme nom...

— Steve?»

J'ai glissé son nom doucement, en le murmurant presque, comme si j'interpellais quelqu'un que je crois reconnaître dans la rue mais sans être certaine. Il a agrandi les yeux, inquiet de s'être fait retracer. Ça confirme ce que je croyais, il est en fugue.

Il veut ouvrir la portière, sauter en marche, mais n'y parvient pas. Je lui saisis le bras.

«Non!»

Il me repousse avec force. Il fond en une crise entre la colère et les larmes.

«Lâche-moi! Lâchez-moi tous! Laissez-moi tous tranquille!

— Reste tranquille!»

Je n'avais jamais haussé le ton de la sorte. Je dois posséder une certaine autorité puisque Chaloux s'immobilise, se cale dans son siège, croise les bras. Il est convaincu que je vais le ramener en arrière. Il ronge son frein, refoule sa révolte, se jure qu'il va recommencer à la première occasion venue.

C'est plutôt moi qui affiche une certaine fougue âpre. J'ai trop longtemps fait semblant que je ne lui en voulais pas, maintenant la plaie infectée se nettoie. Moi-même je ne croyais pas lui en vouloir autant. Ma virulence m'effraie plus qu'elle ne l'effraie lui.

«J'ai perdu mon emploi à cause de toi, petit con!

— Ah oui? Puis quoi encore? Il va pleuvoir demain, c'est ma faute je suppose? La récession s'étire, c'est ma faute aussi? La famine en Somalie, c'est quand mon procès pour ça, hein?

— Ta gueule!»

J'ai pointé mon doigt vers lui, il a cligné des yeux croyant que j'allais le frapper. Je continue.

«Ta famille m'a fait sauter les pieds au journal parce que ton nom y a été imprimé.

— Ma famille! C'est pas une famille ça, c'est des salauds!

— Quelqu'un qui défonce une vitrine de commerce, c'est quoi, un ange?

— Tu veux le savoir, pourquoi j'ai défoncé la vitrine, hein? Tu veux le savoir? s'écrie-t-il, tremblant de tout son corps. Je vais te la raconter mon histoire pour que la petite bourgeoise que t'es se scandalise bien comme il faut... Imagine-toi un soir d'averse. Imagine-toi deux garçons dans un hangar, écrasés l'un contre l'autre. Le premier s'appelle Yo-yo, le deuxième Chaloux. Imagine-les maintenant dans les bras l'un de l'autre.»

Il a pris un ton arrogant en avançant le menton vers moi. Il croit me faire rougir d'embarras. Je l'écoute.

«Imagine-les songeurs, mais heureux. Imagine Yo-yo qui lève la tête vers Chaloux. Les deux se sourient. Ils sont plus que des amis, ça se voit dans la tendresse de leur regard. Chaloux relève les cheveux de Yo-yo qui se resserre contre l'autre. Ils ferment les yeux. Yo-yo dit: «Pourquoi on «pourrait pas rester comme ça toute notre vie? «Pour la première fois de ma vie je suis bien. Te «rends-tu compte de la chance qu'on a de s'être «trouvés l'un l'autre?» Chaloux se moque de son ami rêveur: «Ben oui, je le sais... On pourrait être «dehors à faire la queue avec le reste des gens «seuls qui attendent en ligne que l'amour vienne «pour eux». «Ris pas de moi», supplie Yo-yo. Alors Chaloux le serre encore plus fort parce que Chaloux aime Yo-yo, aime le protéger parce qu'il sait qu'il est trop fragile pour la réalité. «Je ris pas «de toi Yo-yo, qu'il répond. Au contraire. Si tu «penses que je le sais pas la chance que j'ai, dans «un trou comme Bury, d'avoir trouvé quelqu'un à «aimer et qui m'aime en retour.» Chaloux et Yo-yo se sont embrassés. Oui oui, sur la bouche. Mais la porte du hangar s'est ouverte toute grande. Quatre grands gorilles sont entrés comme des barbares. L'un d'eux, Chaloux le connaissait, c'était Bolduc. «Tiens donc! qu'il a lancé, fendant. Regardez ça «les gars qui est-ce qui se fait des mamours dans «le fond du hangar. Yo-yo pis Chaloux Chalifoux.» «Qu'est-ce que tu veux, Bolduc? a répondu Chaloux.

«Hein? Hein? Qu'est-ce que tu veux? Tu m'as «assez fait chier, là, c'est fini.» Chaloux a poussé Bolduc. Tout de suite les trois gorilles se sont précipités. Un premier à lui seul a contré Yo-yo. Les deux autres ont tordu les bras de Chaloux dans son dos pendant que Bolduc disait: «T'es à «moi, Chaloux, je viens te chercher.» Puis Bolduc a pris le visage de Chaloux dans sa main, est devenu sérieux en continuant: «Tu serais rien «sans moi. Si je t'avais pas pris chez moi quand tu «t'es sauvé de chez vous, tu serais mort de faim.» «Je m'en fous! a crié Chaloux. J'ai fini de téter des «petits vieux et des curés! Laisse-moi tranquille!» Là, Bolduc a fait glisser sa ceinture et son pantalon, s'est avancé plus près de Chaloux, l'a agrippé par les cheveux de la nuque, lui a fait basculer la tête, pendant que les deux gorilles le forçaient à se mettre à genoux.»

Chaloux se taît. Il a les yeux dans l'eau, la rage au cœur. Il renifle, reprend, plus calme, en tentant de ne pas laisser ses sanglots gagner sur lui.

«Imagine-toi maintenant une ruelle parallèle à la Principale. Imagine-toi Chaloux et Yo-yo à pied. Le premier est humilié et ravale sa colère, le deuxième si effrayé qu'il guette au-dessus de son épaule constamment. Il pleut à grosses gouttes. «Pleure pas Chaloux! On est ensemble au moins, «c'est toujours ça. À deux, on va s'en sortir.» Chaloux s'est détaché furieusement de son ami, s'est mis à crier: «Je suis écœuré Yo-yo. J'en peux «plus de cette merde-là! Je suis tout déchiré en «dedans, comprends-tu ça? J'ai mal dans mon

«âme, dans mon ventre. Je veux partir. Partir au
«bout du monde me jeter dans la mer!» «Moi
«aussi je veux partir Chaloux mais j'ai pas un
«cent. En as-tu de l'argent, toi? Je ne pense pas.»
«De l'argent? Y'en a partout de l'argent autour.
«Y'a que ça. Dans chaque dépanneur, dans
«chaque maison, dans chaque sacoche de femme.
«Viens-t-en Yo-yo, on part!» Mais Yo-yo n'a pas
bougé, a prié son ami de laisser tomber. Chaloux
lui ne pouvait plus s'arrêter. Chaloux a pris une
pierre, l'a lancée dans une vitrine. L'alarme a
résonné. Yo-yo le lâche s'est sauvé. Chaloux s'est
fait ramasser.»

Le silence tombe. Il pleure sans bruit, je suis
pantoise. Ce n'est pas autant la laideur de son
récit qui me laisse interdite autant que le rappro-
chement qu'il y a entre nos deux destins. Il
étouffait à Bury, moi aussi. Il a fait éclater une
vitrine pour se faire de l'air, j'en aurais été libé-
rée, moi aussi, mais j'ai commis l'erreur de ne pas
profiter de la brèche pour m'émanciper. J'ai été
trop stupide pour reconnaître le signal secret
dans la nuit, celui qu'on avait convenu, lui et moi,
le signal de la grande évasion.

J'ai tendu mon bras droit vers lui et tout naturellement il est venu se réfugier contre moi alors
que j'avais cru qu'il allait me repousser par or-
gueil. Je crois qu'on était fait pour se croiser un
jour ou l'autre. Inévitablement quelque chose nous
conduisait l'un vers l'autre... Au moins, qu'un de
nous deux y parvienne. Moi, je suis foutue. Lui, il
doit y parvenir pour nous deux.

«Où tu vas? Je vais te conduire où tu veux, même au bout du monde.

— Non. Je me rends seulement à l'intersection du chemin Bury. J'ai fait des arrangements. Un ami m'y attend en voiture.»

Vingt minutes plus tard, pas plus, et comme il me l'avait dit, nous nous garons derrière une voiture en bordure de la route. Il va descendre, je lui retiens le bras.

«As-tu de l'argent, au moins?

— J'ai ce qu'il faut.»

J'ai plongé ma main dans la poche de mon veston pour en ressortir les billets subtilisés à la station. Tout semble prendre un sens... même si ça ne tient pas debout. Je lui tends le pèze.

«Tiens, on en a jamais assez de pognon.»

Il sourit, ne se fait pas prier. Il descend de voiture, accourt vers le grand jeune homme qui vient de sortir de son auto. Ils se sont jetés dans les bras l'un de l'autre, s'enlacent. Chaloux doit expliquer à son ami sa promenade car l'autre lève les yeux vers moi. Je ne veux pas paraître m'attirer des fleurs alors, le bras sur le dossier du siège, je regarde au-dessus de mon épaule pour faire marche arrière. Me voici repartie à l'assaut des veines de Bury et de sa périphérie.

Me voici bien lasse. Je n'ai presque plus la force de courir comme je le fais depuis le début de la soirée. Je me sens si insignifiante devant si grand. Je me sens comme quand j'étais enfant et que mes parents faisaient une sortie jusqu'à tard dans la nuit. Les soirées d'hiver où cela se produisait, quand le vent en bourrasques entrait par les tuyaux de chauffage et sifflait... ouh... ouh..., que les flammes rugissaient impétueusement dans la fournaise, je me sentais si petite, si abandonnée, si impuissante. J'avais si peur alors que ni mon père ni ma mère ne revienne jamais.

Il y a des gens parfois qui vous intimident tellement qu'ils vous font sentir comme un enfant par une nuit de janvier. Pourtant, en ce moment, c'est l'existence elle-même qui gagne de la sorte mes émotions. J'entends le feu rugir et j'aurais le goût de me lover en boule.

Tiens... La vieille maison du Chemin quatre... Une maison de bois abandonnée depuis long-temps. Cette maison représentait la limite de nos excursions à vélo quand nous étions enfants. Vieille et intrigante habitation, toute petite, où je prenais plaisir à m'imaginer quelle sorte de gens y avaient vécu, pourquoi ils avaient fini par barricader porte et fenêtres. Rien à voir avec une maison hantée, non, au contraire, elle nous a toujours été sympa-thique à nous les mômes, cette cabane. Souvent nous avons tenté d'y pénétrer ou simplement d'y jeter un regard à travers un carreau, en vain. La maison s'est coffrée dans son mystère, gardant son secret contre sa poitrine à l'abri de notre curiosité. Quelle blessure à l'âme a-t-elle bien pu souffrir pour ainsi se recroqueviller?

Ma curiosité a le dessus. Je m'avance vers l'ha-bitation désertée. La poignée froide ne me résiste pas. Je vais enfin savoir... Une odeur me saute à la gorge. Des cierges... Partout y brûlent des cierges.

Les flammes se sont penchées pour voir qui s'immisçait en l'endroit. Je regrette amèrement d'être entrée. J'ai la trouille. Pourtant, je ne tourne pas les talons, attirée que je suis par des chants d'incantations au bout de la pièce. Le vent me fredonne le même air qu'il murmurait quand j'étais gamine. Des gens sont agenouillés. Ils portent de longues tuniques noires et leurs têtes sont couvertes d'un capuchon. On dirait une secte satanique ou quelque chose. Ils se sont tous tournés vers moi. Mais... Je les connais tous! Papa... Maman... Jani... Marc... Grignon... Dani... Millette... Tous mes amis qui ont été impliqués dans l'accident le soir du bal... J'ai l'estomac à l'envers. Ils s'écartent, me laissent passer. J'avance vers le fond de la salle couverte d'une haute draperie émeraude. «Derrière, c'est la mort», glisse silencieusement quelqu'un de sous son capuchon. Trop tard... J'ai écarté le rideau. Il fait noir comme chez le loup derrière. J'y mets un pied. Rien sous moi pour arrêter mon pas. Je plonge dans le néant. Une chute sans fin, interminable...

Un klaxon involontaire que je provoque moi-même, un cri à déchirer la nuit. J'ai rouvert les yeux juste à temps pour voir venir vers moi une série de poteaux phosphorescents. Heureusement que la route est déserte, car le coup de roue que j'applique alors me fait zigzaguer d'un accotement à l'autre. Je m'étais assoupie. Je tente de me calmer. Ma respiration est profonde, ressemble à des grognements. Il est temps que je m'arrête un peu je crois.

Sur la grande route, tout juste à l'extérieur de Bury, j'élis un motel-restaurant pour lieu de pause. L'endroit est fréquenté par des camionneurs et des voyageurs de nuit. J'ai choisi une table tranquille où j'ai une vue sur le stationnement et les chambres en série du motel.

Ma jambe me fait atrocement mal depuis un moment. Je fais même un peu de fièvre je crois. C'est ce qui m'a propulsée dans l'enfer de mon cauchemar. J'ai étendu mon veston sur ma cuisse pour dissimuler ma plaie.

La serveuse joviale et souriante s'approche. Elle va sortir son calepin mais je lui signale que ce n'est pas la peine.

«Un café, seulement.

— Tout de suite madame.»

Madame! Je déteste qu'on m'appelle madame. Ça me fait dresser le poil sur les bras. Ça me fait me sentir vieille.

«T'aurais pas un comprimé?» dis-je à la serveuse qui allait repartir.

Elle a un air de compassion. Elle sait ce que c'est, elle, d'avoir la tête comme un ballon de plage. Son métier lui fait souvent résonner la tête.

«Non, mais je vais demander aux filles. Je suis sûre qu'une d'elles en a dans son sac. Je vous ramène ça avec votre café.»

«Vous.» Je déteste être vouvoyée. Vouvoyer. Rudoyer. C'est pareil. Je déteste qu'on dise vaguement «elle», en parlant d'une tierce personne qui a pourtant un nom comme tout le monde. Je déteste que les gens boivent à même le carton de lait, je déteste les publicités à la télévision qui insultent constamment l'intelligence des gens, je déteste les gens qui disent «sontaient» au lieu d'«étaient», je déteste les gens qui se collent trop près en faisant la conversation et je déteste être ce que je suis, cette fille qui déteste tout.

J'ai été au petit coin et déjà, comme promis, au retour, les deux comprimés, un verre d'eau et le café fumant m'attendent. Je ne vois plus la serveuse pour la remercier. Remercier... je n'ai jamais remercié personne avant, surtout pas ceux dont le métier est, de toute façon, de servir.

Au miroir de la toilette, j'ai vu tantôt mon visage grave. Je suis vraiment moche à regarder, mais je m'en balance. Ça n'a plus d'importance, pas plus que le lait qui va surir dans mon frigo. C'est ça la vie. À votre anniversaire, la voisine tend son linge à sa corde sans rien changer à sa routine, le voisin tond sa pelouse sans histoire. La terre continue à tourner. À votre mort, les gens vont chez le coiffeur comme si de rien n'était, se rendent au travail allégrement et ça continue.

Ah! Les idées noires me quittent un peu à mesure que le café descend en moi. Mon mal de tête est parti d'un claquement de doigts. Je me sens moins oppressée. Je me sens l'audace de traverser la nuit à la nage. Même le bourdonnement du restaurant m'est agréable subitement. J'en suis rassurée, réchauffée... Qu'est-ce qu'il a à me reluquer lui? Il doit être dans la lune, ce camionneur, car il ne voit même pas que je le regarde me dévisager. Il en jette, cependant, ce mec aux yeux pers qui percent la salle obscure et lui donnent un air d'aventurier sans peur.

L'aventure... ce que j'ai pu m'en créer des aventures dans ma tête pour échapper au quotidien. Pas des aventures amoureuses, non ça, ça m'emmerde. Je parle ici de passerelles moisies au-dessus d'un ravin, de poursuites infernales, de corniches qui cèdent sous vos pieds. Une fois, une seule fois j'ai osé. Personne n'a jamais su où je m'étais volatilisée quand, fraîchement diplômée du collège, je ne suis plus revenue pour trois jours à mon appartement. Bien sûr, j'ai fini par revenir chez moi, mais au départ, j'avais vraiment décidé de mettre les voiles pour ne plus jamais revenir. Je n'avais pas tout à fait vingt ans et tout l'argent que je possédais tintait au fond de ma poche. Qu'à cela ne tienne, sur un coup de tête, le seul que j'aie eu de toute ma vie, j'avais pris le premier autobus pour la première destination. «Pris» l'autobus, oui. J'en avais plutôt été passagère clandestine dans le cabinet de toilette sans me faire pincer. J'étais donc descendue à la grande ville, un sac à dos accroché à mon épaule, à l'heure où les derniers travailleurs rentraient chez eux dans les éclats de rire en me portant un bref regard aveugle.

À la tombée de la nuit, j'avais trouvé un petit parc mal entretenu où la chicorée poussait sur un terrain de balle grand comme mon soulier. Au milieu, il y avait une petite bâtisse couverte de graffiti. Des cris désespérés y étaient lancés: «Laissez-moi vivre», «Au secours». Par terre, des morceaux de vitre se brisaient sous mes pieds. C'est là que j'avais choisi de dormir, sur un banc entre cette cabane et une clôture. Quelle nuit de vortex! Je n'avais pas reçu sur mes lèvres une goutte de sommeil tandis que la rosée, elle, m'avait détrempée jusqu'aux os. J'avais passé la nuit à regarder s'égrener le temps sur le cadran digital d'une brasserie.

Le froid avait vite transpercé mes vêtements par cette nuit crue de juin. Puis, dès que je m'approchais du sommeil, un train ralentissait sur un chemin de fer près du parc pour m'arracher des limbes.

Bientôt, tout le parc avait été pris dans le phare d'une lampe de policier. Deux grandes brutes de flics arrogants m'avaient mitraillée de questions. Où tu restes? Quelle rue? Qu'est-ce que tu fais là? Quoi répondre quand vous ne savez même pas le nom d'une seule rue dans cette ville inconnue où vous avez atterri sans parachute? J'avais repéré deux hauts hôtels chics plus loin et j'avais fait croire que j'habitais dans ces parages. Je crois bien qu'ils s'en fichaient, ces deux-là, que je me fasse éventrer sur mon banc. Ils n'avaient pas insisté, m'avaient seulement recommandé de ne pas me promener dans ce parc à cette heure-là. Ils étaient repartis. Moi je me sentais heureuse d'avoir défié les autorités.

J'ai fait plus d'une rencontre bizarre cette nuit-là. Chaque bruit de pas qui s'approchait me glaçait d'horreur, que ce soit celui d'un vieil homme ivre, graillonnant et chancelant qui s'était arrêté en se penchant au-dessus de moi pour me faire fuir derrière un buis, ou celui d'un préposé des trains venu pisser. J'ai fini par passer la nuit assise derrière un tas de bois le long du chemin de fer, là où personne ne pouvait me voir.

J'ai vu la ville mourir à demi et s'éveiller ce jour-là. Le sang s'était remis à couler dans les artères de la cité. Le milieu urbain s'était dégourdi et moi je n'avais jamais été aussi soulagée de voir le matin venir. Le cri des mouettes ne m'avait jamais semblé si poétique.

Trois jours et deux nuits j'ai survécu sans un sou, en me faisant payer des repas par des hommes qui me racolaient au petit matin dans des parcs, qui attendaient de moi des faveurs la nuit venue, mais à la table de qui je ne revenais jamais après m'être excusée pour aller aux toilettes.

J'ai eu peur si souvent durant ces trois jours, que je me suis fait mille promesses. J'allais m'amasser une montagne d'argent pour ne plus jamais avoir à revivre ça, j'allais travailler d'arrache-pied pour être la meilleure journaliste au monde. Je ne voulais plus jamais dormir sous le ciel jaune d'une ville fourmillante de truands. Encore une fois, une millième fois, j'ai laissé la poltronne en moi gagner. La queue entre les jambes, je suis revenue chez moi. Bury m'attendait, la grille grande ouverte.

Je voudrais ne jamais être revenue de ce périple. Un de ces jours, il faudra que je retourne à ce parc voir si mon corps y gît encore, couvert de marques, étendu sur le même banc dur, car j'ai l'impression d'avoir marché comme une somnambule depuis toutes ces années.

Comme toujours, je m'offusque de l'entreprise d'un homme quand le camionneur aux yeux perçants s'avance vers moi. Je suis toujours agressive quand de purs inconnus m'abordent. Je déteste qu'on force mon intimité. Il n'y a que Dani qui a su me prendre, mais au fond, c'est moi qui l'avais choisi lui.

«Bonsoir mademoiselle.»

Je déteste encore plus me faire appeler mademoiselle que madame. Je déteste les cruches de jus d'orange qui ne s'ouvrent qu'en vous brisant un ongle. Je déteste me pisser sur la jambe par accident ou m'éternuer dans les cheveux.

J'accueille le camionneur comme un porc-épic. Je l'ignore, replace sans délicatesse ma tasse sur la table. Mes manières rudes le font sourire. Sa bonne humeur m'enrage.

«Je peux m'asseoir?

— Si je suis seule c'est parce que je veux avoir la paix!

— Bon! Bon! se défend-il en levant la main. Je vais m'en retourner sur la pointe des pieds pour ne pas te déranger.»

Qu'est-ce que j'ai de travers? Pourquoi je suis toujours autant sur mes gardes avec l'autre sexe? Ce beau garçon veut coucher avec moi. Je devrais prendre ça pour un compliment. Même les serveuses, là-bas, au comptoir, se chuchotent à l'oreille en se pâmant devant le beau corps solide du camionneur. C'est vrai qu'il est beau. Je crois bien que j'ai envie de coucher avec lui. Son torse de pierre, je n'ai pas de peine à l'imaginer s'abattre sur ma peau. Alors, qu'est-ce qui me barre? C'est pas la première fois que j'ai envie de coucher avec un homme à la première rencontre mais qu'une sorte de pudeur m'entrave.

«Vous désirez autre chose?»

La gentille serveuse s'enquiert alors que je me lève en suivant des yeux le camionneur qui semble vouloir passer la nuit au motel.

«Non, merci... Je vais régler à la caisse.»

La serveuse rédige alors de deux coups de crayon la note de mes trois cafés et s'en retourne en souriant. Brave fille. J'espère qu'elle ne se fera jamais rattraper par sa gentillesse, elle, comme moi.

En réglant l'addition, je vois le grand camionneur penché au-dessus de la serrure de la chambre 17. Les réverbères se reflètent sur ses cheveux châtains. Ses épaules larges, son torse solide... Dans un flash, j'imagine ses muscles frôlant mon ventre.

J'hésite un peu, sachant très bien qu'au restaurant, tout le monde me verra probablement me faufiler vers le 17... Tant pis, je n'ai rien à faire de ce que les gens pensent. Audacieusement, j'avance vers la chambre du camionneur. Trop souvent dans ma vie je me suis privée de plaisir croyant être au-dessus de ces désirs qui font de la race humaine des bêtes.

Je frappe à la porte. Presqu'aussitôt elle s'ouvre. Je ne trouve rien à dire, mais je crois bien que mes yeux doivent parler à ma place.

«Tu veux entrer?»

Il est traversé d'un éclair malicieux comme un loup affamé devant un poulailler. J'entre. Son lit est un peu défait, ses vêtements aussi. J'ai pour les chambres de garçon une fascination étrange. Sans doute parce que je n'ai jamais eu de frère.

La porte se referme derrière moi. Mon visage devient bouillant en m'imaginant seulement que cet homme s'approchera de moi, me dévêtira, que ses mains courront sur mon corps courbaturé. Puis viendra le moment que je préfère entre tous, celui où il s'étendra sur moi. Alors, je voudrai crier mais étoufferai dans ma gorge mes cris, ce qui le rendra fou, lui, et le fera grogner.

À mon insu, il m'a débarrassée de mon manteau que je tenais toujours dans ma main devant moi. Il voit ma blessure. Il me regarde avec étonnement.

«Je me suis écorchée sur une clôture.

— Tu peux nettoyer ça à la chambre de bain.

— Non, ça va... J'en ai déjà pris soin.»

Mon ton est maladroit. J'ai peur un peu de l'avoir refroidi, mais bien vite je me rends compte qu'il ne pense qu'à une chose.

Je ne sais plus comment faire débloquer la situation. C'est lui qui prend les devants, m'entraîne au lit, m'y fait m'asseoir au coin.

«Tu veux jaser un peu? fait-il.

— Jaser?... Je suis pas venue ici pour jaser.»

Ce soir, pour une fois, c'est moi qui pose les premiers gestes. J'ai toujours eu l'habitude de laisser l'autre s'humilier à faire les avances. Mon petit côté cruel je crois.

J'ai pris le camionneur par la main pour l'attirer vers moi. Je l'embrasse. Nous sommes tous les deux un peu sauvages. Aussi, je dois l'arrêter en lui relevant la tête. Hagards, nous nous dévisageons, tous deux à bout de souffle.

Peu de choses se disent. Il obéit à tout ce que lui demande mon corps. Je lui fais perdre les pédales par la hardiesse de mes caresses. Ce soir, je me permets tout ce que j'ai été trop prude pour m'octroyer dans le passé. Ce soir, je ne suis pas mal de la nudité où il m'a portée, où je l'ai jeté.

Frémir, grogner, murmurer, supplier, hurler, gémir... Je m'abandonne à tout ce que je me suis interdite avant. Tout est trop court, du tourbillon à l'extase à la chute libre. Nous nous accrochons l'un à l'autre pour retenir le bonheur. Il me remercie, remercie l'être suprême d'avoir créé la femme.

Je me sens toujours tellement sale et pleine de remords après la coucherie. Aussi, quand mon compagnon de fortune ronfle de contentement, je me défile, écœurée de moi-même. Ce n'est pas avec cet inconnu que j'aurais eu envie de faire l'amour, mais avec... oui, avec Lui toujours. Mais Lui, je ne sais pas où il est, Lui, le noème de mon cœur.

J'aurais peut-être dû laisser un mot pour me faire pardonner ma brutale fuite, mais je ne crois pas au mot «excuse». Depuis qu'on a inventé le mot «excuse», la race humaine se permet toutes les vacheries. C'est facile quand un mot défait toutes ses sottises à la manière d'une brosse sur la craie au tableau.

J'en ai plus le goût, vraiment, mais encore une fois, je reprends le chemin. Je me sens vraiment au bout de moi-même. Je me sens brisée en petits morceaux telle une craie de cire échappée par terre. Je me sens comme on doit se sentir quand on en est à la dernière cigarette du paquet, à la dernière bouteille de bière de la caisse, à la dernière minute d'un téléroman hebdomadaire, à la dernière ligne de cocaïne.

Pourquoi en être arrivée là? J'étais d'une humeur massacrante le jour où Millette est arrivé au *Clip* en se frottant les mains. À une semaine des élections à la mairie, les sondages mettaient Grignon légèrement en tête. Un sondage à Bury, c'est l'écho de ce qu'on entend dire sur le perron de l'église le dimanche matin. «Il faut que tu nous déterres quelque chose d'épicé sur Grignon», avait lancé Millette. Comme si ça poussait dans les arbres, les scandales politiques. «Tu vas trouver quelque chose, comme toujours Caïd, je me fie à toi!» Maudit honneur qui vous pousse aux pires bassesses. Et mon humeur n'allait pas me tromper. Elle ne trompe jamais. L'humeur n'est pas le thermomètre du présent mais la prévision du temps à venir. On n'attire pas les événements par les humeurs, on les pressent par ses dispositions de moral. On peut avoir peur tant qu'on veut, il y a des choses qui ne se contournent pas. On peut crier NON! NON! tant qu'on veut, on est tous dans le même avion qui nous mène à la même destination. Le cœur aime, le cœur hait. Le cœur décide.

Je voudrais ne jamais avoir dit tout ce que j'ai dit. Je voudrais redevenir celle que j'étais. Je voudrais ne pas avoir le cœur si gros, si au vif. Et toute cette bousculade qu'est la vie, ce *roller derby* où les coups bas sont permis, c'est quoi tout ça? C'est moi qui n'ai jamais supporté mes amis en peine de deuil. C'est moi la marraine déserteuse de l'enfant d'une cousine avec qui je ne me suis jamais donnée la peine de faire la paix après une querelle insignifiante. C'est moi qui suis souvent partie sans dire adieu. C'est moi qui me suis toujours foutue des sentiments des autres, par mépris pour ce qu'ils pouvaient éprouver. Et Jean de La Fontaine le moralisateur tape encore sur les doigts de ceux qui n'ont pas retenu la leçon.

Dani... J'ai pensé si fort à lui ce soir que je suis certaine qu'il l'a ressenti où qu'il puisse être dans ce monde. Cette pensée fait germer une idée démoniaque. Oui! Quelle folle idée! Quelle idée insensée! Quelle idée délicieuse! J'accélère. J'ai quelque part où aller cette fois. C'est fou ce que ça relance une nuit sans fond que de soudainement avoir une destination.

En banlieue de la ville, sur le grand chemin, le poste de police local fait figure de phare dans la nuit sur une mer obscure. Je descends de voiture, avance à pied vers la brigade. C'est tout comme me livrer à poings liés. C'est dément. Ça m'enivre.

Ici, tout le monde me connaît. J'y suis une vieille habituée. J'ai couvert si longtemps les fonds de fossés pour photographier les cadavres et percuter les flashes de mon appareil photo sur tellement de vitres défoncées qu'on me traite au poste comme une des leurs. J'y ai même fouillé des dossiers à l'ordinateur tant que j'ai voulu.

Derrière le comptoir, Loublier, ce constable d'une cinquantaine d'années qui est demeuré bloqué à Bury sans promotion toute sa vie parce qu'il est le seul policier dans les parages à pouvoir desservir la population haïtienne de l'endroit, est debout près d'un confrère plus jeune qui triture son clavier d'ordinateur. Toujours cordial, Loublier, même si je le sais frustré de sa vie d'homme de couleur dans un trou de Blancs. Il blague à ce sujet en blâmant sa chevelure argentée sur la décoloration de la chienne blanche sur lui. Il blague, mais je le sais amer.

«Oh! s'exclame Loublier en me voyant. C'est mademoiselle Castilloux, ma Blanche favorite.»

Le jeune policier, qui s'est amouraché de moi, je le sais, est un peu jaloux du sourire que je dédicace à Loublier. Aussi, le jeune homme veut s'imposer.

«Il dit ça à toutes les femmes qu'il voit.»

Je ris aussi pour ne pas trop mortifier ce pauvre enfant. Il en devient allègre. Tout le corps policier de Bury m'a prise en affection et j'ai bien su me servir de cet ascendant, surtout depuis que le *Clip* miroite dans le ciel de Bury, pour me tenir au courant de ce qui se brasse dans le milieu de l'*underground* du crime. Le *Clip* a obtenu toutes les primeurs depuis sa sortie.

J'ai bien pris soin de garder mon manteau devant moi pour que ma blessure ne soit pas remarquée, mais au fond, je ne tremble même pas à l'idée d'être démasquée. J'ai fini de trembler.

Loublier, paternel, me glisse un café. Il sait que je vais le prendre, je le prends toujours.

«Mais qu'est-ce que tu fais ici à une heure trente du matin?

— As-tu déjà eu vent du vol de la station du grand chemin?» termine le jeune flic.

Je m'amuse. Je m'amuse follement. Je crois que si j'étais un chien, la queue me branlerait.

«Y'a eu un vol à la station?

— Oui... Une femme en plus. Où est-ce qu'on s'en va si les filles deviennent aussi salopes que les gars? Ça va être la débandade. L'équilibre du monde... eh bien, il n'y en aura plus d'équilibre», achève le jeune policier.

Loublier a un air mystérieux en me faisant signe de me pencher vers lui pour qu'il puisse me confier un secret à l'oreille. Mon cœur palpite un peu.

«Entre toi et moi... Ici, au poste, ça nous fait toujours plaisir quand une gonzesse réussit son coup.»

Le jeune est encore jaloux que Loublier me souffle dans le cou et me fasse rigoler. Il reprend, plus sec.

«Il y a eu des dégâts. Des coups de feu. On pense que la fille a peut-être été touchée. Vous allez pouvoir mettre ça dans le *Clip*.»

Je tape sur le comptoir pour feindre que la journaliste en moi est satisfaite de son scoop.

«Merci les gars, c'est super...

— Eh bien, y'a pas de quoi... reprend Loublier. *L'Encrier* a bien téléphoné pour le rapport journalier, mais je leur ai répondu que tout était aussi calme que dans le lit d'un Blanc.»

Loublier joue au petit Noir un peu insouciant, mais son attitude blasée cache tellement de désillusion. Je le sais, il sait que je sais. Il m'en est reconnaissant, ça se voit bien dans la lueur au fond de ses yeux.

«Et la voleuse, à quoi elle ressemblait?»

Le jeune s'empresse de répondre en se levant pour aller lire un communiqué affiché au babillard.

«Cheveux châtains, un mètre soixante-dix, soixante kilos, de race blanche, s'exprimant en français... portant un mouchoir bleu noué sur la tête et des binocles à broches...»

Je lève ma main libre comme pour me rendre, pousse, sur un ton de blague:

«C'est moi... Je me confesse! Arrêtez-moi! Je me rends!»

Ils rient. Je ris aussi. Je me plais assez à cet exercice.

«D'accord, je vais te passer les menottes, mais autour du barreau de mon lit», menace innocemment le jeune.

Enfin, la recrue se dirige vers la salle de bain et je me retrouve seule avec Loublier. Celui-ci se penche vers moi et dit:

«Qu'est-ce que tu veux, fille? À une heure du matin, on est pas dans un poste de police à moins d'être une prostituée ou un clochard.

— J'ai besoin de consulter votre fichier.»

Il ne se méfie de rien, soulève la surface du comptoir pour me laisser traverser derrière. Discret, Loublier s'affaire ailleurs pendant que je consulte l'ordinateur.

«Ta femme, tes enfants, ça va toi?»

Il est heureux que je le demande. Sa famille est toute sa fierté. Il me parle d'eux. Je ne l'écoute que d'une oreille, concentrée que je suis sur les noms, les adresses qui roulent devant moi sur l'écran. Derouin, Pierre... Drouin, Dani... Je note l'adresse, le lieu de travail. Pourquoi je n'ai pas pensé à consulter ce fichier avant? Dire que tout ce temps je pensais Dani à l'autre bout du monde. Il est revenu. Il demeure tout près.

Quand le jeune policier revient, je le vois déçu. Je suis déjà sur le pas de la porte à gratifier Loublier d'un sourire. Tant pis pour l'autre. Il a belle gueule, il trouvera bien assez vite quelqu'un pour réparer son cœur. Aussi, je sais que Geneviève, notre photographe, a remarqué le jeune flic et qu'elle n'est pas du genre à laisser un homme lui passer sous le nez.

Dans la voiture, je me sers de la lumière de la portière ouverte pour relire l'adresse que j'ai tracée de mon écriture parfaitement propre, droite et déchiffrable. Dani habite donc la très chic Côte Fleurie, cette rive peuplée de luxueuses résidences où les professionnels se regroupent entre eux. Grignon aussi possède une maison là. Je n'aurais jamais cru Dani capable de ce genre de snobisme, lui qui exécrait tant les riches. C'est pour cette raison qu'il avait décidé d'être médecin sans frontière...

Pendant une demi-heure, je roule vers la Côte Fleurie. Je suis un peu offusquée de savoir qu'il a pu être si près de moi sans jamais penser me revoir. Je sais bien que je n'ai pas compté pour lui comme il a compté pour moi, mais au fond de moi, j'entretenais l'illusion qu'il m'aimait encore et qu'il reviendrait me chercher.

Je m'arrête devant cette maison en pierre, un peu plus modeste que les autres, de style ancien. Je n'attends rien de mon passage ici. Je ne veux que voir, que savoir, que frôler sa vie une dernière fois.

Je m'imagine toujours mal Dani vivre la vie de banlieue. C'est bien ce que je pensais. Ça ne vient pas de lui. Sur la boîte aux lettres, deux noms figurent: Dr Dani Drouin, Dr Caroline Yazdany. Il est sûrement tombé sous l'influence d'une femme aux goûts hautains. Mon cœur se pince. Je n'étais pas assez bonne pour lui, c'est sûr.

Par la grande fenêtre du salon, je vois de la lumière, des ombres au plafond. Il est deux heures du matin mais quelqu'un bouge à l'intérieur. Puis la porte du devant s'ouvre. Le cœur me fige. Un couple qui paraît heureux de s'être aussi bien fait recevoir, s'apprête à partir. Ils rient tous les deux, l'homme et la femme, en remerciant et saluant cette grande et belle hôtesse qui les a reconduits au perron. C'est sûrement elle, Caroline. Ce nom lui convient. Elle se frotte les bras pour combattre un frisson. Elle a la grâce, l'élégance, la tenue vestimentaire d'une femme racée, assurée de ses moyens. Ses cheveux foncés luisent. Ses yeux sont en amande, son sourire généreux et sincère. Elle a l'air si heureuse, si comblée.

Le couple invité s'éloigne. Il marche devant moi et je les entends vanter leur hôtesse qui elle, vient de disparaître dans sa demeure.

J'ai avancé vers la porte de la maison. J'y sonne. Caroline a dû croire qu'un de ses amis avait oublié quelque chose car le sourire qu'elle affichait fait place à une mine intriguée.

«Oui?» fait-elle.

Dire que c'est avec elle que je faisais la compétition quand je m'imaginais retrouver Dani. Elle est si belle, si naturellement gracieuse, féminine, mince, distinguée que je me sens ici à ses pieds, gauche et balourde.

Ma voix sèche s'élève. Pourquoi ai-je toujours ce ton coupant comme si on devait me donner tout ce que j'exige sur le champ?

«Je cherche le docteur Dani Drouin. Je sais qu'il est tard, mais je suis une ancienne amie de classe et comme je pars pour un autre pays demain...»

La salade rituelle... «J'ai vu de la lumière alors je me suis dit...» La doctoresse n'a que faire d'une femme qui demande son mari à deux heures du matin. Elle sait qu'elle n'a pas de concurrence possible. Comment s'inquiéter quand on est nanti de la sorte?

«Oh! Dani travaille de nuit ce soir. À l'hôpital de Bury», explique-t-elle d'un air désolé.

Le choc... Tout ce temps, Dani était à un pas de moi et je ne le savais pas, moi qui pourtant connais tout le monde dans ce bled.

«Vous voulez entrer prendre une tasse de café?»

Qu'elle est gentille... Salope! Elle a séduit le seul homme que j'aie aimé. Pourtant je souris sans rien laisser voir.

«Oh! Non! Mon avion part dans trois heures, j'ai beaucoup de chemin à faire. Vous lui direz seulement bonjour de la part de Caïd Castilloux.»

Oui... Beaucoup de chemin à faire, vers nulle part... J'ai tellement bouffé de kilomètres ce soir qu'en fermant les yeux, tout ce que je vois, ce sont les lignes sur l'asphalte qui me filent de chaque côté des oreilles.

Dans ma tête, je laboure mes pensées. Toutes les questions que je me suis posées au sujet de Dani viennent d'être élucidées. Il est clair qu'il n'a jamais repensé à moi. Je n'ai certainement jamais été assez bien pour lui. Non, il n'a jamais voulu me revoir. Quelle conne ai-je été de me nourrir de l'espoir de son retour rédempteur.

J'ai mal. J'ai franchement aussi mal qu'au jour où dans la grange du voisin, il m'a annoncé qu'il ne m'aimerait plus jamais. Est-ce que j'ai mal de l'amour démoli ou mal d'être aussi bête? C'est comme ça... On se cogne le cœur au coin de quelqu'un mais l'amour devient un cri poussé dans un puits vide. Eh! puis je ne comprends rien. Je n'ai jamais rien compris. Je n'ai jamais compris pourquoi il fallait faire son lit le matin pour le défaire le soir, crier pour dire aux autres de parler moins fort, vivre pour mourir...

Rêveuse. Rieuse. Douteuse. Je tonitrue. Me rue. Ponctue. Couleur émeraude. Couleur blé aoûté. L'âme comme un jour de mai. Je modère. Accélère. Fends l'air. Je tourne le dos. Me noie dans l'eau... C'est trop. Évasive. Abusive. Excessive. J'arrête. Contemple. Émerveillée. Estomaquée. Démasquée. Je rougis. Souris. Oublie. Me voici rassurée de voir que les portes automatiques s'ouvrent encore quand je m'en approche et que j'ai, comme les autres, une ombre à traîner quand je marche au soleil dans la rue. Serait-ce que j'existe aussi?

Ce texte, c'était le premier devoir que mon professeur de journalisme avait demandé à la classe. Décrivez-vous en dix lignes. Rêveuse. Rieuse... J'avais eu un D moins. «Ne vous cachez pas derrière un personnage, mademoiselle Castilloux. Le journalisme, c'est l'art de la vérité, de l'exactitude. Des faits précis, voilà ce qu'on veut.»

URGENCE. Oui, c'est bien pour moi, ça. Mon cœur a plus souffert par Dani que n'importe lequel de ces patients râleurs peut croire en arracher ce soir du «bobo-béqué-maman» qui l'a fait accourir en panique à la salle d'attente de l'Hôpital général de Bury où me voici. Je ne peux résister à la tentation de revoir Dani. Je me présente à la réception.

«Je voudrais voir le docteur Drouin. Dani Drouin.»

Ce doit être mon soir de chance. Fi! Mon soir de chance. J'ai de ces idées...

La salle d'attente est calme, la garde consent à appeler le docteur Drouin qui en est à sa pause café. L'attente. La trépidante attente avant de revoir celui que j'ai placé sur un socle comme le buste d'un personnage célèbre. Puis enfin, au bout du couloir, il s'amène, tout souriant, tout sûr de lui. Son sarrau vole au vent. Il frappe sa planche de médecin sur sa cuisse. Une chemise turquoise rehausse ses yeux pers. Il est en pleine conversation avec cet autre homme de médecine. Les deux docteurs se scindent. Dani s'approche de la réception. La garde pointe de la tête vers moi en faisant signe au beau jeune médecin qu'elle me prend pour une timbrée...

Les mains dans les poches, Dani vient vers moi, la tête penchée dans une parfaite attitude de compassion que j'ai aussi remarquée chez son épouse tantôt. Ils ont pris, elle et lui, les mêmes tics, les mêmes airs, les mêmes gestes. C'est donc vrai qu'à force d'être avec quelqu'un, on finit par lui ressembler. C'était vrai pour mes parents en tout cas.

«Oui?» fait-il sans me reconnaître.

Il a changé un peu. Son visage est taillé plus durement. Au coin de ses yeux, les pattes-d'oie me font me demander quelles horreurs il a bien pu voir en Éthiopie, au golfe Persique ou en Yougoslavie. Il est si beau, si grand, si fort. Ses cheveux sont toujours aussi soyeux. Le moindre déplacement d'air les fait bouger.

«Bonsoir...»

Pendant qu'il consultait sa montre, j'ai glissé cette salutation d'une petite voix étreinte d'émotion. Pour la première fois de ma vie, je ne sais pas quoi dire. Je n'ai rien préparé, moi qui pratique toujours dans ma tête les dialogues que je subodore pour bien paraître.

Il lève la tête vers moi. Il est pressé. Je lui fais perdre son temps. J'ai cru qu'il allait me reconnaître car il a plissé les yeux, mais ce n'est que la lumière qui lui a blessé les pupilles. L'idée me vient de mentir en retirant mon sac à main de devant ma jambe pour afficher ma lésion.

«J'étais à l'urgence pour ma jambe et j'ai décidé de te saluer quand j'ai entendu ton nom à l'interphone. Dani... Tu te souviens de moi? Caïd Castilloux...»

Il n'a aucune idée, fait semblant de chercher mais au fond ne veut que se désister. «On allait à la même école. En 1981, tu travaillais au verger des Delisle... J'étais voisine.

— Oui! s'éclaire-t-il. Tu étais la meilleure amie de Jani!»

Son visage s'est éteint en évoquant Jani. Tout le monde adorait Jani. Quand elle et moi faisions la file pour aller au cinéma, par exemple, les gens sautaient sur place pour crier son nom et lui envoyer la main, sans même penser à en faire autant pour moi, car ils ignoraient mon prénom pour la plupart ou ne s'intéressaient tout simplement pas à moi.

J'ai le privilège de briser la pause café du beau docteur et d'être entraînée par lui dans la salle d'examen. J'ai souvent rêvé d'être soignée par lui. Pourtant, en ce moment, je n'éprouve qu'une sorte de dépit à cause des circonstances plus ou moins glorieuses qui m'ont reconduite à lui. S'il savait combien mon cœur l'a appelé souvent à la rescousse. Parfois durant toutes ces années qui nous ont séparés, Dani et moi, je pouvais être des mois sans penser à lui, puis, comme ça, tout à coup, sans raison, dans une foule ou au creux de la nuit, je murmurais son nom doucement et ma poitrine se resserrait. Souvent aussi, quand j'étais sur le point d'oublier à jamais Dani Drouin, il fallait qu'il revienne en moi par le biais de rêves la nuit. Des rêves insoutenables où je le revoyais au verger. Son visage était flou. Lui, il me regardait sans me voir. Puis il disparaissait dans les rangées de pommiers. Je passais le reste du rêve à le chercher sans jamais le trouver. Je m'éveillais si frustrée que toute la journée j'envoyais mes camarades de travail au diable, ce qui leur faisait dire que je n'étais qu'une vieille fille en manque. Et moi je me persuadais que si ces rêves de Dani persistaient, c'est parce que c'était lui qui refusait de mourir en moi. Il frappait du pied en moi pour ne pas que je l'oublie. Il ne sait rien de cela Dani. Il ne le saura jamais.

«Comment tu t'es fait ça? demande-t-il alors qu'il m'examine.

— Oh... J'avais oublié les clefs de mon appartement à l'intérieur. J'ai dû briser une vitre, puis voilà...»

Dani fronce les sourcils. Les blessures de balle, il en a assez vues pour reconnaître l'origine de ma plaie, j'en mettrais ma main au feu. Seulement, voilà, il ne semble qu'avoir une intention: se défaire de la folle que je suis. Eh puis, en autant qu'il se rappelle, une Caïd Castilloux est trop rangée pour porter la morsure d'un projectile d'arme. Une Caïd

Castilloux est juste assez sotte pour avoir oublié ses clefs et s'être éraflée à un carreau défoncé.

Sans s'attarder davantage, Dani glisse:

«Hum hum... Alors Caïd... Qu'est-ce que tu as fait de bon avec ta vie?»

Il ne sait rien de moi. Il n'a même jamais pris la peine de se renseigner. Quel grand coup au cœur! Je ne laisse rien paraître pourtant.

«Je suis devenue journaliste. Et toi... Je croyais que tu étais médecin sans frontière pour la Croix-Rouge.

— Je l'ai été, mais après quatre ans de brousse, de sable dans ma soupe et de huttes, j'ai eu le goût d'un peu de confort.»

Il est si humble. Il parle de sa profession comme s'il racontait qu'il est tombé à plat cul devant cent personnes en mettant le pied sur une peau de banane. Puis il secoue la tête, serre les lèvres, assommé par quelque chose.

«Quand je repense à Jani et à cet accident terrible... C'est con de perdre la vie si jeune quand on a tellement reçu comme c'était son cas. Quel gaspillage. J'ai pleuré quand j'ai appris cette nouvelle.»

Oh! Quel coup de massue en plein front. Comment ai-je pu être si naïve, si bécasse, si...? Il n'y a plus d'exemple assez fort pour bien décrire la... tarte que je suis. C'est pourtant clair que Dani a toujours été amoureux de Jani, pas de moi. Il ne s'était servi de moi que pour mieux se rapprocher de Jani, sachant qu'elle et Marc étaient indissociables. Au fond, Jani et Dani étaient prédestinés l'un pour l'autre. Ils étaient si semblables en tout.

Casse-gueule indomptables, réactionnaires irré-
fléchis, insouciants des sentiments d'autrui... Tout
tombe en place. La façon dont Jani avait
détourné la conversation quand je lui avais dit à
quel point j'étais entichée de Dani... Il lui avait
certainement déjà avoué ses sentiments et elle,
elle les lui aurait sûrement renvoyés, sauf qu'en
grande amie qu'elle était, elle a endigué sa pas-
sion pour ne pas me réduire en miettes.

Je me sens trahie. Toutes ces années, j'ai aimé
un homme qui n'en avait que pour ma meilleure
amie. D'ailleurs, dernier clou dans mon cercueil,
Dani qui n'a aucune souvenance de notre été,
ajoute, en souriant de nostalgie:

«J'avais un énorme béguin pour Jani quand je
travaillais chez son père.»

Blessée, je me suis remise sur pied, le corps
droit, le menton haut. Il vient de se souvenir. Il
comprend la bêtise qu'il vient de commettre. Il
s'attrape le visage.

«Je m'excuse...» assure-t-il.

Je soulève les épaules. C'est pas grave. Ce n'est
plus grave. Ça ne compte plus. Plus rien n'a
d'importance maintenant. J'ai eu ce que je voulais, j'ai revu Dani.

«Ça fait rien Dani, je te jure... Je te pardonnerais
même... un meurtre, tiens. Je voulais juste te dire...
Je voulais juste que tu saches à quel point j'ai
pensé à toi souvent pendant toutes ces années. Je
voulais seulement te revoir une dernière fois, c'est
tout. J'ai jeté ma vie à terre pour être assez bien,
juste au cas où un jour tu demanderais à quelqu'un

ce que j'étais devenue. Je t'ai aimé à l'os. Je veux pas te faire porter de blâme. Je voulais juste te dire que je t'aime.»

J'ai saisi mes choses. Je vais repartir sur ces paroles. Tant pis s'il me prend pour une minable. Tant pis pour tout!

«Caïd!?»

Son ton précipité pour me retenir et la fougue contrite qu'il a mis à me rattraper, me faire pivoter et me serrer dans ses bras, tout ça est si inattendu que j'éclate en sanglots. Oui, je pleure... bien contre mon gré. Il est franchement penaud, ne cesse de demander pardon, de quémander mon extrême-onction. Je ne sais plus si je pleure de chagrin ou de joie. Les deux je crois. C'est tout ce que je voulais, c'est plus que ce que je demandais. Une dernière fois me voici dans les bras de celui que j'ai aimé à la démence. Je peux repartir en paix, je suis heureuse. Il m'a vue sourire, il est soulagé dans sa culpabilité. Sans me retourner, je quitte l'hôpital. J'ai réglé tous mes comptes avec l'amour. Je peux avancer d'un pas de plus vers l'aube, j'ai la conscience allégée.

Les gens me regardent sortir en pleurant. Ils croient que j'ai perdu un être cher. C'est la vérité aussi. C'est bien le deuil de Dani que je porte, depuis treize ans... J'avais toujours souhaité que si un jour je le revoyais, j'avais souhaité encore être intimidée, faible et déroutée, comme alors. Car je n'ai pu aimer que les êtres qui m'ont effarouchée. J'ai peu aimé. Ce soir, je me suis sentie minuscule face à toi. Mon amour n'en est pas à l'agonie, loin de là. Il y aura donc eu moi... Moi mal de ce que j'étais, moi si pâle, si inexistante. Puis tu es arrivé. Toi si... inattendu. Il y a eu nous, mais nous chacun de son côté. Une union que je me suis imaginée. De là, je n'ai plus su comment repartir. Repartir de rien, comment on fait ça? J'ai gardé notre souvenir comme un beau secret. Mon trophée a perdu son émail. Un beau souvenir pour une belle époque. Mais tu seras toujours en moi, quelque part au fond de mon cœur, Dani.

Je crois bien qu'à trois heures du matin, j'ai frappé le mur... celui du découragement et de l'impuissance. J'ai recommencé à rouler dans ce pot d'encre qu'est la nuit. Je crois bien avoir fait tout ce que j'avais à faire avant... avant la naissance du jour. Je suis exténuée. Un avion gronde au-dessus de Bury. Ses phares clignotent. On dirait que des étoiles vertes et rouges se sont décrochées du firmament pour fendre le ciel nocturne. Le ronflement doux et régulier me fait rêver, me donne le goût de fermer les yeux, de me laisser aller au sommeil, à l'oubli. C'est presque lénifiant, ce lointain ronronnement. Je me demande à quoi ils peuvent bien penser, les passagers de ce vol de nuit. Il y a peut-être ceux qui sont tristes de revenir ou heureux de partir. Il y a ceux qui ont du chagrin, ceux qui vivent le plus beau jour de leur vie. Ceux qui sans s'en douter seront célèbres dans une semaine. Ceux qui vont mourir demain, happés par le destin mais qui, à l'instant, rient à gorge déployée en faisant des plans pour l'an prochain. En fin de compte, la vie est un vol de nuit. Depuis la naissance, nous sommes tous dans la même fusée pendant le décompte. On a tous un peu peur, mais au moins on peut se rassurer en se disant qu'on est tous à bord du même avion, qu'on vole vers la même destination... Silence. L'avion bourdonne, de moins en moins fort, jusqu'au mutisme péremptoire.

Je ne veux plus m'éloigner trop de Bury. Je dois y être droite et solide à l'aurore. Si je m'éloigne trop, la lâcheté pourrait me gagner et je pourrais ne pas pouvoir résister à la tentation de m'enfuir. Je ne veux pas passer ma vie à me défiler. Je dois être là quand les doigts me pointeront, quand les premières pierres seront jetées. J'ai fait ma vie, maintenant je dois l'assumer. Elle est si irrémédiable, ma vie, qu'il n'y avait que cette façon de la racheter. J'ai bien fait. Je dois me résigner. Je mérite la haine qu'on portera vers moi. Je suis un peu comme un tueur à la chaîne qui, guidé par son subconscient, vient commettre son dernier crime dans le seul état du pays où la peine de mort est encore en vigueur, comme si, en lui, une dernière parcelle de raison humaine le suppliait d'achever sa démence incontrôlable.

Dans un champ d'orge, au milieu de nulle part, une gigantesque affiche publicitaire me saute au visage. *Boivert. C'est notre homme pour cette affaire.* L'élection a eu lieu cette semaine, mais les panneaux comme celui-ci et les publicités sauvages placardées aux poteaux de téléphone ne seront probablement pas descendus avant un an. J'ai un pincement au cœur. Dire que j'avais presque repris goût à mon métier au *Clip*, pas à cause de ma profession retrouvée, mais parce que j'avais deux amis qui me faisaient rire aux larmes: Geneviève et Millette. Nous en avons passé des nuits blanches après le vandalisme de nos quartiers, à nous fendre en quatre pour sortir le numéro suivant. Nous avons ricané toute la nuit sans raison. Nous avons pouffé quand Geneviève a reçu tout son yogourt au visage en tirant trop brusquement sur le couvercle. Nous avons ri parce que l'imprimante grinçait depuis quinze minutes mais que j'avais omis d'y insérer du papier. Nous nous sommes tenus les côtes de douleur quand la chaise de Millette s'est affaissée d'un cran pour avoir mal été ajustée. Je n'ai pas ri souvent depuis.

Derrière Bury, comme un écran de verdure, le Mont-Calme s'élève. Petite montagne formée à l'ère glaciaire, dans le ventre de laquelle maintenant les jeunes fument leur premier joint, exercent leur langue en un premier *french kiss*, se réfugient pour sécher leurs cours à l'école de la Rivière juste en bas. Moi j'y connais quelques personnes qui y ont pris le maquis, pareil à des soldats déserteurs, et qui n'en sont pas redescendus depuis des années et des années. Tiens, si j'allais leur rendre visite? Ça fait longtemps que je ne suis pas passée les saluer, même si je pense à eux souvent. Oui, ça me ferait du bien d'avoir quelqu'un chez qui m'arrêter. Mais on ne se présente pas chez les gens comme ça, les mains vides. Je dois leur apporter des étrennes, des choses qui leur feraient plaisir, des choses qu'ils aiment. À cette heure du matin, où vais-je donc pouvoir trouver ces présents pour mes hôtes? Je sais, je sais... Il y a sur l'avenue Principale de Bury, cette gentille bijouterie à la façade fraîchement rénovée... Chaloux y a peut-être loupé son coup, mais moi je ne m'y ferai pas prendre, parce que moi, je peux réussir là même où le redoutable Chrétien est tombé comme une mouche.

J'abandonne ma voiture dans une ruelle. À pied je sautille jusqu'à la cour arrière de la bijouterie. La Bijouterie Diamant... Quand Chaloux a raté son larcin, les propriétaires sont venus à l'*Encrier* raconter leur version des faits. C'est moi qui ai été leur confidente. Je sais donc des choses, gracieuseté de monsieur et madame Jean-Paul et Rachelle Royer. Je sais que le système d'alarme ne couvre que le rez-de-chaussée, que le couple dort toujours en laissant la fenêtre entrouverte...

Ça m'aura finalement servi à quelque chose d'avoir grimpé si souvent les pommiers du verger de monsieur Delisle, même si cela faisait sortir de ses gonds le père de Jani, qui lui interdisait formellement cet exercice. Pourquoi croyez-vous qu'elle m'entraînait à recommencer tous les jours? Ce soir, c'est avec aisance que je gravis d'une branche à l'autre l'érable sous la fenêtre de la chambre à coucher des Royer. Pour Chaloux qui m'a tant appris sur la liberté, je réussirai à m'introduire dans cette bijouterie, à en ressortir sans me faire pincer, des trésors plein les poches.

Je m'accroche avec précaution au rebord du châssis sans faire un bruit. Par la lumière de la rue, il m'est possible de distinguer à l'intérieur deux dormeurs au lit. Délicatement, je fais glisser la moustiquaire, les deux vitres. J'enjambe l'embrasure, mets pied sur un tapis moelleux. À quatre pattes sous la fenêtre, je replace les vitres à leur position initiale. Je rampe vers la porte au bout du lit. Cette vieille demeure grince dans sa sénilité. Sur le matelas, un dormeur agité pivote. J'en ai des sueurs froides. Je ne commence qu'à me rendre compte de l'inconscience de ma démarche. De quoi vais-je avoir l'air si on me met la main au collet? Pourtant, pas question de faire marche arrière. On m'attend sur la montagne et j'y serai, offrandes en main.

Je referme la porte de la chambre sur mes talons. Je longe une rampe qui me fait trouver l'escalier. Chaque fois que je pose le pied sur une marche, elle couine, geint, et moi je dois longuement rester sans bouger, les lèvres pincées, en attendant que la maison retrouve la paix. Une goutte de sueur m'est tombée sur le flanc. J'ai tressailli. J'ai cru que quelqu'un m'attrapait par les côtes.

Au pied de l'escalier, désorientée, je ne sais plus dans quel sens est la cour ou la devanture. Je me bute à un vase qui orne le couloir. Pas de dégât. Je dois respirer à fond pour reprendre mon sang-froid. D'accord... la salle à manger et la cuisine sont là... Cette porte est celle du sous-sol... Celle-là ne peut que mener à la bijouterie. Pourvu que les propriétaires n'aient pas décidé d'y installer aussi un système d'alarme depuis qu'ils m'ont parlé à l'*Encrier*. La porte se laisse déverrouiller...

Je me retrouve derrière le comptoir de la bijouterie. Entre les stores de métal, la lumière des réverbères s'invite. Les plus beaux bijoux sont bien sûr sous clef dans les comptoirs vitrés, mais au milieu de la boutique, sur un trépied tournant, rutilent ces quelques parures. Elles valent moins, mais je suis convaincue que mes hôtes ne lèveront pas le nez dessus. C'est l'intention qui compte.

Je choisis avec soin. Une chaîne dorée avec une croix. Une bague délicate et mince. Un collier de perles. Une montre pour homme. Je fourre tout ça dans ma poche. Je vais m'en retourner...

En remontant l'escalier, je ne prends presque plus soin d'étouffer sous mes semelles ses crissements perfides. Je commence à me sentir un peu trop à l'aise ici. Aussi, je n'ai même pas atteint le mitan de la volée que la lumière se fait sous la porte de la chambre des Royer. Je ne pense d'abord qu'à me faire toute petite dans les marches. J'aurais dû me hâter de débarrasser le plancher aussi. C'est vraiment ce qu'on appelle avoir l'esprit de l'escalier. Une ombre passe sous la porte. On chuchote avec empressement. Mon seul réflexe est de sortir de mon trou, foncer vers cette autre chambre pour m'y enfermer. Le paroxysme du délire eût été que cette pièce soit occupée, mais heureusement encore qu'il ne s'agit que de la chambre d'amis. J'entends des pas au couloir. Je ne m'en préoccupe pas. Je fais glisser la fenêtre. Il n'y a pas d'arbre ici pour me remettre sur la terre ferme. Je dois sauter au sommet d'une palissade contre la maison voisine, ce qui ne se fait pas sans que je m'écorche les chevilles. Le sol dur m'accueille avec résonance. Clopin-clopant, je regagne ma voiture. Pas de doute, je perds la raison. Je deviens folle.

C'est par la longue route tortueuse que j'escalade le Mont-Calme. Surplombant Bury, cette montagne en donne une vue mirifique. Pourtant, jamais une seule fois de cette ville, si séduisante vue d'ici, n'ai-je pu dire que je rentrais chez moi en y revenant. Je n'ai donc aucune émotion devant le spectacle pourtant éclatant de la cité à feu et à sang dans sa gloire lunaire.

Le cimetière du Saint-Untel, sur le versant est du Mont-Calme. C'est ici maintenant que tous ceux qui m'ont été chers font l'orgie, les uns contre ou sur les autres en une partouze libre.

J'ai des cadeaux pour tout le monde... Ici, où les tombes ne sont que de modestes croix, dorment les Delisle. Pour monsieur Delisle qui fait malgré tout partie de l'été de toutes les passions, de l'été de mes dix-sept ans, j'ai amené cette croix en or au bout d'une chaîne. Dans l'herbe je laisse glisser mon présent comme s'il s'agissait de l'eau pure d'un ruisseau. Une croix, pour me rappeler ces dimanches où monsieur Delisle donnait congé à sa fille. Jani... tu t'en souviens de ces dimanches? Un lien inébranlable nous unissait alors. C'est pourquoi, en symbole de l'union de notre amitié, j'enfile cette bague dans la chaîne que j'avais au cou pour la déposer au pied de ton lieu de repos. Les dimanches après-midi... Fillettes, c'était le moment de nos excursions en terre inconnue. Tu te souviens? À l'heure où la petite Alice, cette vieille dame qui nous faisait trembler de peur parce qu'elle était aussi crevassée au visage que l'écorce d'un arbre, partait pour l'église à tricycle, nous en profitions pour sortir de sous la haie de sa propriété pour nous introduire dans sa maison par la porte qu'elle laissait toujours déverrouillée. Notre présence n'y était pas malfaisante. La curiosité d'un lieu mystérieux nous y attirait, c'est tout. La peur aussi, de nous faire prendre et selon la légende, de nous faire bouillir au poêle dans un chaudron par la dame nous poussait à recommencer à chaque semaine. Elle n'était pas très belle, cette vieille maison dénivelée. En poussant la porte nous rencontrions la résistance du plancher sous elle. Une cuisine d'été aux murs jaunis nous regardait alors, effarée, on eût dit, de se montrer si laide dans sa nudité. La petite pièce encombrée de toutes sortes d'objets en passant par la provision de bois de chauffage jusqu'à une armoire renversée au sol, semblait vouloir se voiler pour nous cacher la honte d'être devenue aussi sinistre avec l'âge.

Partout les murs étaient ternes et écaillés. Le plancher de bois ne brillait plus. Derrière la porte de la cuisine, une pompe à bras servait de robinet. À chacun de nos pas, la masure grinçait. Les tapisseries aux cloisons du second tombaient en lambeaux. Partout flottait cette fétidité de pipi chauffé; comme dans les locaux de l'*Encrier*, tiens. Trois chambres à coucher à l'espace réduit par le pignon qui s'abattait sec, reliées par un passage étroit donnant sur les portes sans bouton. C'est ce décor qui servait de toile de fond à nos escapades, car là-haut, au palier, se trouvait un trésor insoupçonné... Le linoléum du second, troué, soulevé en ses coins, recelait plus que de la poussière sous lui. C'est par accident que tu t'y étais accroché le pied la première fois pour tomber sur des tas de pièces de monnaie éparpillées çà et là. Pas une fortune, mais assez pour pouvoir, plus tard, se rendre à la station-service du coin s'acheter de la gomme à mâcher ou autres friandises avec ces vieux cents des années quarante et cinquante.

L'éternité, c'était vraiment ces dimanches ensoleillés qui étendaient les horizons à perte de vue, où nous revenions au verger à travers champs et prés en gambadant et en mâchant à belles dents les boules de gomme qui nous rendaient la langue toute rouge. Nous remorquions péniblement nos ombres pour avoir trop marché. Nous valsions dans les sinuosités des passages entre les champs. Nous traversions un large ruisseau en nous suspendant à une clôture de broche qui touchait aux deux berges. Nous coupions à travers un joli bois tout propre par un sentier, marchions même au creux d'un ru à sec en été, entre deux côtes où le vent raclait les feuilles mortes et où cette douce couleur de chlorophylle déteignait sur nos visages éblouis. L'amitié, c'est resté ça pour moi, l'éternité sous le soleil par un paresseux dimanche après-midi à se sentir minuscules dans l'immensité de la campagne, toi et moi, Jani Delisle. Voilà pourquoi, après toi, il n'y a pu y avoir une autre amie.

Je marche à travers la nécropole. J'ai froid. Une feuille morte poussée par le vent me double sur l'allée et son froissement me fait sursauter. Les monuments s'alignent. Je ne suis qu'une infime poussière dans un univers sans début et sans fin. Je ne suis qu'une âme errante perdue dans la nuit des temps et j'ai peur.

Côte à côte ils dorment, mon père et ma mère, comme quand j'étais enfant, que j'entrais dans leur chambre sans frapper parce que le grand vent de novembre disloquait la maison et que j'allais près d'eux quêter l'apaisement.

Des perles pour ma mère. Elle les adorait. Des perles pour le plus beau souvenir peut-être d'elle. Un autre souvenir de l'été 1981, comme si toute ma vie s'était comprimée en une seule saison, en une même année. Ce jour-là, je m'étais rendue à la maison des Delisle, à pied, par le chemin. À travers la moustiquaire de la contre-porte, j'avais appelé... Personne. La maison était déserte. Même en me faisant violence, je n'avais pu résister à l'envie d'y entrer. C'était le second qui m'attirait, surtout la chambre où Dani nichait. On y avait accès en escaladant un escalier en coude. J'étais si nerveuse, que le simple bourdonnement d'une mouche qui se débattait comme un diable dans l'eau bénite devant la vitre de la fenêtre au premier palier de l'escalier m'avait labouré la peau d'un long frisson. En y grimpant silencieusement, je m'étais retrouvée marquée de bandes parce que la lucarne du couloir reproduisait les barreaux de la rampe dans les marches.

La chambre de Jani, je la connaissais déjà pour y avoir été invitée. Seule l'autre pièce de l'étage m'intéressait. J'en avais écarté la porte. Les vêtements de Dani y étaient accrochés à des clous derrière faute d'espace de rangement dans une penderie trop exiguë. Le soleil d'après-midi y bavait son écume dorée à pleine gueule par un œil-de-bœuf. La chambre étriquée ne pouvait contenir qu'un grabat et une table bancale à tiroir et à ailes repliables.

Je m'étais retrouvée chatouillée dans tout mon être de cette intrusion secrète, de cette pièce bourrée de lumière qui me rendait les doigts transparents quand je les étendais devant le rayon de soleil, et où il flottait des molécules de poussière. Sur le lit de Dani, je m'étais assise. Dani et moi, ça ne collait pas encore à ce moment-là, mais j'en rêvais souvent de ce dortoir. Puis sous le sommier, un bouquin dont le coin dépassait avait attiré mon attention. Il s'agissait d'un manuel de médecine que Dani devait étudier en prévision de sa future profession. Au milieu du livre, l'anatomie de l'homme sur pages plastifiées que je n'avais qu'à tourner pour que se superposent les différentes parties du corps: le cœur, le foie, les poumons... et tout.

Une voix en bas avait retenti; celle de ma mère qui à son tour demandait s'il y avait quelqu'un là-dedans. J'ai bien peur de toujours avoir ressemblé à ma mère plus que je ne l'aurais jamais souhaité. Ce jour-là, je n'avais pensé qu'à coller le bouquin sur ma poitrine et à rester coite pour ne pas être surprise. Mais ma mère, de qui je tenais mon effronterie, n'allait pas s'en retourner bre-douille. J'avais entendu son pas traîneur en bas qui s'était arrêté au pied de l'escalier pour pousser à nouveau.

«Y'a quelqu'un? C'est madame Castilloux. Je cherche Caïd.»

Ma mère avait alors entrepris une ascension lente des marches. Je l'entendais même souffler, ce qui m'avait fait bondir sur mes pieds et m'avancer volontairement au palier en remettant sous le matelas le manuel. Ma mère venait me chercher car il était temps de partir pour je ne sais plus quelle destination. Je me souviens seulement de son regard qui balayait la chambre entre moi et le plumard, un regard inquiet, un peu fâché, même, j'avais cru. Pourtant, en retournant par la route qui menait à notre maison au bout du chemin, alors que j'étais certaine qu'elle allait me semoncer, me sermonner, m'admonester, elle s'était contentée de poser son bras sur mon épaule, de soupirer joyeusement et de me glisser:

«C'est beau un homme, hein!»

Peut-être qu'elle avait suivi mon regard qui cher-chait Dani entre les arbres du verger, peut-être qu'elle me voyait bien depuis un temps rêvasser au-dessus de ma soupe. Peut-être qu'elle se rap-pelait son premier amour. Je ne sais pas au juste, mais ce que je sais, c'est que je ne me suis jamais, avant ou après, sentie aussi proche de ma mère, aussi comprise par elle et autant à l'écoute de ses opinions.

C'est loin tout ça. À des années-lumière. Vous

savez qu'il paraît que nous pouvons encore voir de la terre des astres qui ont pourtant fait explosion dans l'espace. Nous les voyons parce que leur image qui nous arrive remonte à des années-lumière et a mis tout ce temps à parvenir à nos yeux. Tout comme le soleil que nous voyons mourir à l'horizon, qui s'est pourtant couché il y a huit minutes mais dont la réfraction envoie l'image en différé. Pourquoi en a-t-il été ainsi pour moi, envers les gens que j'ai aimés? Pourquoi ne me suis-je aperçue que trop tard combien j'avais besoin d'eux? La vie est vraiment imbuvable.

Papa... Tu te souviens de ta belle montre à chaîne héritée de ton père, que tu croyais t'être fait dérober par un voleur de grand chemin parce qu'elle était disparue de ton tiroir, ainsi que ton jonc? Eh bien, tu dois savoir maintenant que c'est moi qui l'avais perdue dans le champ en la prenant sans ta permission pour aller jouer. Pour que tu ne devines pas tout de suite que la disparition m'était imputable, j'avais aussi piqué l'anneau pour le cacher sur une poutre au garage. Il a dû tomber par terre, car quand j'ai voulu aller le récupérer et te le rendre en disant que je l'avais trouvé sur le chemin, il n'était plus là. Je ne sais pas pourquoi je m'étais donnée tout ce mal. Je n'aurais eu qu'à t'avouer la vérité pour que tu hausses les épaules et lances: «Qu'est-ce que ça fait? Ça va seulement nous donner plus de temps pour aller nous baigner à la rivière. Viens, on y va!» Enfin, je t'ai quand même apporté cette montre pour remplacer l'autre.

Quand j'étais enfant, mon père me prenait sur ses genoux pour m'expliquer pourquoi il avait insisté pour que je porte le nom de Caïd. Mon père, qui faisait souvent des rêves prémonitoires, avait vu, me disait-il, en songe, le jour de ma naissance, un grand avenir pour moi. «Tu deviendras importante, je le sais. Ton nom sera dans les journaux. Tu dirigeras des gens qui seront contents de te suivre. C'est pourquoi je t'ai appelée Caïd, parce que tu seras un chef. Je veux que tu sois fière de ton nom, ma fille.»

Un rêveur, mon père. On voit bien que ce n'est pas lui qui se faisait appeler Coït ou Canine ou je ne sais plus quoi. Mais je ne lui en veux pas. Seulement je ne comprends pas son départ précipité et brutal de ma vie. La mort est toujours brutale. Lui et ses rêves visionnaires... Il m'arrive de me demander s'il n'a pas vu venir ma ruine dans un de ses songes et s'il n'a pas préféré, plutôt qu'en être témoin, aller embouteiller sa vie dans un flacon de Valium.

C'est ça la vie, hein? Travailler d'arrache-pied de l'aube au crépuscule mais quand même n'avoir sa tombe qu'à l'ombre d'un monument aussi grand que la piaule où je crèche. Je tique. Ce n'est pas possible. Dites-moi que ce n'est pas vrai. Dites-moi que cette pierre tombale où la terre est fraîchement foulée n'est pas celle que je pense. Dites-moi que ce n'est pas lui qui repose à jamais à la tête du lit de mes parents. J'ai avancé dans la rosée. J'ai vu. Je me suis attrapé le visage d'horreur quand tous les événements de la dernière semaine m'ont pété à la figure, depuis le jour où Millette m'a invitée à dégoter plus de crasse sur le candidat à la mairie Grignon. Ce soir-là, à pied puisque je n'habitais qu'à un saut de puce de là, je m'étais rendue dans la ruelle derrière les locaux de l'*Encrier*. Je m'y étais un peu arrêtée en me demandant comment les choses pouvaient en être venues là. Puis, je m'étais dit que c'était peut-être au bureau de Grignon là-haut que je dénicherais les informations les plus savoureuses sur mon ancien patron. Je n'avais plus les clefs de l'*Encrier*, et j'avais donc dû profiter d'une voiture garée près du mur arrière de la vieille bâtisse pour me hisser à l'intérieur, d'abord en grimpant sur le capot du véhicule, puis ensuite en gravissant le poteau de corde à linge tout contre la brique de l'hebdomadaire. Un carreau d'une fenêtre avait été défoncé deux ans plus tôt par un gamin et son avion téléguidé et n'avait toujours pas été remplacé. La planche à ressort que j'y avais mise pour couper le vent y était encore et je n'avais eu qu'à la pousser pour pouvoir glisser par le carreau et me retrouver dans la salle de rédaction au second, là où l'odeur infecte des chiottes montait à la gorge.

Je ne peux oublier ce que j'ai ressenti en marchant doucement entre les pupitres de l'*Encrier*: du dépit, du soulagement de m'en être démise, le sentiment que toutes ces agitations n'avaient pas donné grand-chose...

Le fils de Grignon avait hérité de mon poste de rédactrice en chef; un bulletin de nouvelles au billard l'annonçait. Ah! Le jeune Gratton avait encore gagné le concours de labour organisé par son oncle. Sa sœur l'avait remporté chez les filles, son cousin chez les moins de dix ans, son grand-père chez les plus de cinquante ans... Bravo!

Sur un mur, toutes les photos; tous ces yeux qui me suivaient prêts à cafarder mon intrusion. Tous les employés présents et passés y étaient pendus, moi aussi. Caïd Castilloux, 1985-1994. On aurait dit une inscription sur une pierre tombale justement. Je n'étais déjà plus qu'un souvenir dans cette boîte où je m'étais crue irremplaçable.

Le bureau vitré de Grignon... Le store était monté le jour où il m'avait convoquée à son pupitre. J'avais eu si honte. Tous mes camarades de travail avaient arrêté leurs activités pour assister à la scène. Tout le monde semblait être au courant de ce qui m'attendait, sauf moi.

Cling! Quel beau bruit que celui du verre qui éclate, de la transparence qui se démasque, de la nuit qui hurle parce qu'on la viole. Aidée d'un bâton de golf laissé à son bureau par Grignon, je m'étais mise à tout fracasser, prise d'une ire soudaine. Sur les plantes vertes entretenues par la réceptionniste, je m'étais adonnée à une tuerie sans nom. Je jouais à la tempête, déracinant les fougères, effeuillant les livres de référence sur les pupitres, faisant éclater les écrans des ordinateurs, tabassant à mort les prix de mérite décernés à l'*Encrier* et qu'on exhibait sur les murs, les classeurs. Puis l'éventreuse que j'étais s'était arrêtée net, tout essoufflée, quand la lumière jaillit dans la salle. Grignon venait d'y entrer, venu sans doute récupérer quelque chose qu'il avait oublié à son bureau. Son regard était étonné, questionneur; il ne comprenait pas ce qu'il voyait. Je crois bien qu'il avait oublié que je ne travaillais plus pour lui et il a mis quelques secondes à comprendre que ma présence ne pouvait être qu'hostile en ce lieu, que je n'y étais sûrement pas pour chercher un trombone.

Il s'était avancé vers moi. Il n'avait même pas l'air menaçant. Pourtant, moi, j'ai été prise de panique. Un coup de fer à la tête et il s'écroulait, sans vie. Il n'a même pas saigné, mais n'a plus jamais respiré.

Souvent je m'étais demandée si je serais capable, moi, de tuer quelqu'un, sans m'imaginer en venir à ça un jour. Tuer. Depuis qu'à la télé on voit les cadavres tomber à la minute, ce mot a perdu sa pesanteur. Tuer, c'est voir un corps inanimé par terre, aussi inanimé qu'une chaise, qu'un pupitre, qu'une règle à mesurer, mais sentir l'âme de ce corps rôder, vous frôler la jambe, monter le long de votre corps, sous vos cheveux avant de vous retrouver à négocier avec le silence qui vous accuse. J'avais vidé un corps de sa vie plus vite qu'on évacue un seau de la lavure qu'il contient en la lançant au-dessus d'une clôture.

Je me souviens avoir repris contenance. Je ne sais plus où j'avais trouvé la force, mais j'avais traîné le corps jusqu'au rez-de-chaussée en le tirant par les jambes. Tout n'allait pas bien. De sa poche la monnaie avait tombé dans l'escalier et plus je tentais de me hâter à la récupérer, plus mes mains tremblaient et plus l'exercice était difficile. La voiture de Grignon était devant l'entrée, inoccupée heureusement, et j'y avais poussé le cadavre. Comment j'ai pu ne pas être remarquée, je l'ignore, mais j'en suis venue à penser que le mal me réussit à merveille.

On a retrouvé Grignon, le lendemain, mort dans sa voiture écrasée contre un arbre sur la route menant à la ville. Commotion et hémorragie cérébrales. Tout le monde a réellement cru que je tirais de la patte parce que j'avais raté une marche en rentrant chez moi. Après «l'accident» de Grignon, j'avais lancé le bâton de golf dans la rivière et avais mis toute la nuit à revenir chez moi à pied.

Le lien n'a pas été fait entre le saccage de l'*Encrier* et la mort de Grignon. Personne n'a remarqué qu'un fer manquait dans son sac de golf. Aucun témoin dans la ruelle n'avait semblé voir la voiture de la victime. Si j'avais eu autant de chance dans ma vie que ce soir-là, tout aurait été autrement pour moi.

Tous les grands personnages ont eu une vie mouvementée. C'est ce que je me dis en revenant à ma voiture pour me redonner le courage de reprendre la route flexueuse du Mont-Calme qui va me ramener à Bury, car je dois y retourner pour affronter le jour. Le papillon nocturne que je suis n'en a plus pour longtemps à virevolter avec insouciance. Je me sens sereine à présent, réconciliée avec moi-même. Je sais que je fais ce que je dois faire. Il est cinq heures du matin et le ciel s'éclaircit déjà. Je reviens à Bury.

J'aurais pu continuer toute ma vie sans que personne ne sache jamais que j'avais assassiné Grignon, mais je n'aurais pas pu vivre avec ce poids sur ma conscience. Je le sais, car pendant les trois jours qui ont suivi l'accident, je suis restée étendue sur mon lit à sursauter à chaque sonnerie du téléphone. Je crois que ce qui me pesait, ce n'était pas d'avoir enlevé la vie, mais de n'éprouver que l'indifférence. Une meurtrière sans remords, voilà ce que j'étais.

Au bout de trois jours, on a frappé à la porte. Je n'ai pas répondu à ce visiteur, pas plus que j'avais décroché quand le téléphone s'époumonait. Je savais que c'était Millette. Le *Clip* ne pouvait paraître sans ma présence dans son garage, il avait dû s'énerver un peu de ça, l'ami Millette.

Quel enfer ai-je supporté durant ces trois jours. Seule face à moi-même, bercée dans ma peur par la main qui avait tué sans flancher. Je me suis sentie si prisonnière de mon corps. J'étais devenue un fait divers, j'étais devenue la nouvelle que j'avais si longtemps couverte.

À seize heures au troisième jour, je suis finalement sortie de chez moi, prise d'un besoin de me libérer. J'ai pris mon manteau. Je savais qu'à cette heure le local du *Clip* serait vide. Geneviève n'y traîne jamais trop longtemps et Millette a d'autres chats à fouetter. Tout de même, à eux deux, ils avaient réussi à faire la mise en pages du journal, avec à la une la nouvelle du décès tragique de

Grignon à la veille des élections. Le troisième jour, c'était hier, le jeudi, veille de la parution du *Clip*.

Hier, j'ai ouvert un cabinet, y ai déterré une série de photos de moi croquées par Geneviève en guise de présentation à mon éditorial hebdomadaire. J'ai même bêtement eu la vanité, à travers tout ça, de trier parmi le lot celle où je ressortais le plus avantageusement en dépit des circonstances. J'ai refait la mise en pages de la une, y ai rédigé mon acte de contrition. J'ai tout avoué dans les moindres détails: *Confessions d'une criminelle*, disait l'en-tête.

Il faisait noir quand le fidèle livreur est venu comme toujours cueillir la mise en pages pour l'imprimeur. J'aurais pu changer d'idée, le retenir. Je n'en ai rien fait. J'ai été, comme toujours, polie avec lui et nous avons blagué... toujours la même blague:

«Ce sera livré sans faute Caïd. Si le vieux pont de la rivière tient le coup une dernière fois...»

Le livreur est parti pour l'imprimerie. J'étais apathique, résolue. Le téléphone a crié, j'ai sauté sur ma chaise. C'était Millette, inquiet, pressé.

«Ah! T'es là toi! T'as vérifié le journal?

— Oui, Millette, comme toujours...

— Le livreur est venu?

— Oui, Millette... Tout est en ordre, le journal est parti pour l'imprimeur, va être livré à la première heure demain matin dans tous les commerces du comté.

— Bravo ma grande! Je savais que je pouvais compter sur toi.»

Oui, naturellement, toujours digne de confiance, la Caïd. Toujours là au poste. Dès lors, il n'y avait plus pour Caïd Castilloux qu'une chose à faire. Avancer. Avancer jusqu'au matin. Je devais payer. Je devais affronter. J'ai marché jusqu'au troquet *Chez Louis*, comme à tous les jeudis soir.

Ce matin, j'avance donc vers Bury. Dans ma voiture, il fait douillet. Cinq heures vingt. Le numéro du *Clip* a été imprimé sans que ce distrait d'Omer ne vérifie son travail. Dans dix ans on lui apprendra que j'ai été accusée de meurtre et il se cambrera de surprise en s'exclamant: «C'est impossible, je lui ai parlé hier.» Bientôt, sur cette route, le camion de livraison passera. Le ciel sera de plus en plus clair. Les piles de journaux tomberont sur le seuil des dépanneurs, seront lancés contre les portes des résidences et moi j'aurai ce que je mérite... la honte de mon crime. J'ai tant admiré tous les truands de ce monde que je suis devenue une des leurs.

Me voici à Bury, sur la Principale. La boucle est bouclée. Je gare ma voiture, vais à pied vers la fontaine. C'est là que le camion fait sa première livraison. Je peux donc m'y asseoir et attendre. Autant me foutre sur la place publique puisque je vais m'y faire lapider de toute façon. J'aurai honte de tous ces regards tournés vers moi, ce sera mon châtiment. Maintenant, il ne me reste qu'à attendre le jour nouveau.

J'ai froid. Je frissonne. J'ai plus froid que peur. Allez, viens le jour... Viens reprendre celle que tu n'aurais jamais dû laisser te voir le visage. Celle qui n'a pu être digne du don de la vie...

«Caïd?!»

Surprise et joie dans l'exclamation de mon nom. Oh! non! C'est Millette. Je n'ai pas pensé qu'il fait son jogging matinal ici tous les jours. C'est bien ma chance. Il vient se tenir près de moi en bondissant sur place. Il est ridicule dans le capuchon de sa veste kangourou et dans ses shorts portés par-dessus son survêtement. Je reste raide, regarde devant moi, les yeux vitreux.

«Qu'est-ce que tu fais ici à six heures du matin?»

Je ne l'écoute pas, le regard toujours rivé au loin. Il sent bien que quelque chose ne va pas. Il s'immobilise. Il comprend que quelque chose de terrible est enclenché. Il me prend par les épaules me secoue un peu.

«Caïd... Parle! Y'a-t-il quelqu'un qui t'a fait quelque chose? Dis-le! J'vais le tuer le gars qui t'a touchée.»

Tuer... Pauvre Millette... S'il savait ce qu'il dit. Pauvre Millette! Je viens de comprendre qu'il est amoureux de moi. Je l'avais cru au-dessus de cette banalité. Il est tellement décevant de découvrir que ceux que j'estime comme mes amis sont vulnérables à l'amour comme les autres. Leur vulnérabilité les diminue tellement à mes yeux.

«Millette... Lis ton journal tantôt. Tu vas tout savoir.»

Il est intrigué, ne comprend rien. Ah! Il doit être six heures tapant, le camion de livraison s'arrête devant le centre commercial pour y laisser sa première livraison. Millette bondit pour s'emparer d'un exemplaire. Il ne reconnaît pas sa mise en pages de la veille. Il lit en diagonale, la bouche arquée d'incrédulité. Le livreur entre dans un casse-croûte s'acheter un café. Millette revient vers moi. Il ne comprend rien.

«C'est quoi ça? Qu'est-ce que c'est que cette histoire-là? Est-ce que c'est le premier avril? Qu'est-ce qui se passe?»

Je n'ai qu'à le regarder de mes yeux atones pour en faire un disciple. Il est abasourdi, fait un pas vers l'arrière. Il relit encore un peu ma déposition. Il n'en revient pas. Il jure un peu, finit par venir se jeter sur un genou devant moi.

«Mais Caïd... C'était de l'autodéfense, rien que de l'autodéfense? La police va comprendre. T'es pas obligée d'avouer. Tout le monde pensera que c'est un accident...»

Je ne réponds pas. Je ne réponds plus. Elle n'est plus là, Caïd. Elle est partie, quelque part, Dieu sait où... Mon état comateux désespère Millette. Je ne pourrais vivre avec un mort sur la conscience, il le sait. Il tente de me raisonner, de me secouer de ma léthargie. Il s'écrie:

«Caïd! Écoute moi! T'as pas besoin que personne sache ça! CAÏD! Je t'aime et je laisserai rien t'arriver!»

Il s'est mis à courir. Il relance dans le camion les piles de journaux, s'empare du volant, démarre. C'est encore comme ça à Bury, les gens n'y verrouillent pas leurs portes, laissent encore leurs clefs dans leur voiture, partent de chez eux en laissant les fenêtres ouvertes.

Le livreur peste et blasphème en sortant du café. Le camion reprend la route. À toute allure, il file, file vers le pont. J'ai peur de comprendre. Je m'élance et hurle:

«Non Millette! Fais pas de bêtise! Ça donne rien...»

Pusillanime je l'ai trop été pour quitter Bury, pour dominer Soupir, et pusillanime je le suis encore trop pour arrêter Millette. C'est dans ma tête que je l'avise de ne pas faire le con, que mon sort est déjà réglé avec mon vandalisme à la SAB, avec la station et la bijouterie que j'ai chopées. Soupir laisse les choses aller. C'est pour moi-même que je marmonne:

«C'est trop tard pour moi...»

Trop tard, oui, vraiment. Le camion s'engage sur le pont mais n'en suit pas la courbe, continue tout droit à travers le garde-fou usé. Il plonge dans le vide, le nez en premier dans les flots frisquets de la rivière. Le camion coule. Les premiers travailleurs s'arrêtent pour tout voir. Quelques cris fusent. Le camion disparaît. Millette ne remonte pas. Les journaux flottent sur le courant.

J'ai couru au bout de la rue. J'ai tout vu. Hors d'haleine je m'arrête, terrorisée. Je m'appuie à un poteau, me couvre le visage. Tous ces gens qui m'ont aimée à donner leur vie pour moi... Est-ce que je le méritais? Est-ce que je le mériterai un jour?

MARQUIS
Montmagny, Qc
avril 1994